生きろ！

嵐も花も90年

三國隆三
Mikuni Ryuza

展望社

まえがき

わたしは二〇一八（平成三〇）年六月で、目指していた九〇歳を迎えました。いざ九十台に入ってみると、九十前半の人が結構おられるし、周りからの扱いも格別変わりません。「人生百歳時代になったのだなあ」と実感している毎日です。

ところでこの九〇年、私にもいろいろなことがありました。今は異国の樺太（現サハリン）に生まれた私は、家族の引き揚げや横浜大空襲などの戦禍を経験しました。また、がんを始めとする病魔とも闘ってきましたし、妻の認知症介護は二年目に入りました。

最近、二日にわたって〝俺々詐欺〟未遂も体験しました。こうしたなかで、子どもの頃の夢は、学生時代、出版編集者時代、定年後と、それぞれに形を変えて膨らませてきました。周囲に助けられたことが多く、幸運にも恵まれ、ご覧いただくように、いろいろなことをやってきました。

〝自分史〟流行《はや》りの昨今ですので、本書では私の足跡を、エッセイ風に辿ってみようと思います。私はエッセイを本にするのは初めてですが、著書は市販されない私家版限定本3冊を含めると、ちょうど20冊目になります。それに、長い間編集者をやってきましたので、出来るだけ自分史を書かれる方のモデルになるのを目指しました。また、出版に関心を持たれる方はもちろん、がんや認知症に悩む方、戦争を知らない世代や樺太に思い出のある方、〝老い〟に悩む方等々が、本書から〝生きる！〟ヒントなどをくみ取っていただければ、嬉しく、幸せに存じます。

なお、登場いただく方々は出来るだけ実名にしましたが、故人かどうかにはあまり触れておりません。なお、著名人には敬称を省略させていただきました。知人や友人でも文章の流れで、敬称を省いたところがあります。ご了承ください。

平成三〇年一〇月一日

三國 隆三

生きろ！ 嵐も花も90年 【目次】

第二章　敗戦前後――忘れられぬ体験

第三章　学生生活の想い出

第五章　趣味と交友の愉しさ

第六章　病《やまい》とどう共存するか

第七章　どう奏でるか、人生の最終楽章

第一章　今は異国の故郷よ

旧蘭泊駅

1　ワサビのおひたし

何十年前だったか定かでないが、現役の編集者だった頃の話である。私は長年月かけて取り組んできた出版企画が完成して、福井県の三国町にきていた。営業から書店さんを集めて企画を説明する会に講師として出てほしいと頼まれたからである。

明日会場に行けばいいので、宿に荷物を置くと、初めての土地でもあり、ちょうちんの灯に誘われるように町へ出た。そして代り映えのしない町並の飲み屋の一軒に入り、ビールを飲み始めた。壁にはいろいろメニューが出ていたが、私は新しい紙に「ワサビのおひたし、あります」と書いて貼ってあるのに目をとめて注文した。

じつは私は、私と同じ名のこの町に、何か繫がりを探していたのかもしれない。ワサビというと、関東では伊豆の天城山麓一帯の渓谷や、安曇野の大王わさび農場、それに東京奥多摩町の奥多摩わさび塾が知られる。しかし、私にとってワサビのおひたしは、子どもの頃、母がよく家の庭の湧き水に生えるワサビを摘んで作ってくれたものに勝るものはない。口にすると、母の味を思わせる新鮮さでジーンときて、とても懐かしかった。

翌日、説明会を無事に終えると、壇上の私を、何人かの書店さんが取り囲んで、質問してくれた。やがて本のPRを離れて、町名と同じ私のことを尋ね始めた。私も祖父が全盛の頃、よく三国港と取引していて、手土産にもらったこちらの加工食品がおいしかったことを覚えていたので、親しみを込めて歓談したものだ。

定年後の二〇〇二（平成一四）年、日本図書館協会選定図書に選ばれた私の著書『海道をゆく』（新生出版）の「14能登・越前の荒磯《ありそ》」の章に、わが家の貴重な写真を載せている。それには、「昭和初期の交易船　祖父海産界活躍時代で、三国港から積み出された荷が、樺太（現サハリン）の真岡《まおか》港に陸揚げされるところ」というキャプションをつけている。

私は書店の皆さんから、「せっかく三国に来られたんだから、三国節に『岩が屏風か　屏風が岩か　海女の口笛　東尋坊』とある東尋坊を見ていかれたら」と勧められ、足を伸ばすことにした。そのおかげで、私は定年後に始める油絵のお気に入りのテーマと出会うことになる。以降、何度も東尋坊に通っては何枚も描き、50号の大作で都展の五十周年展に入選している。やっぱり、〝縁〟はあったのである。

「東尋坊」（F50）　50周年記念都展入選作

さて、私の祖父、三國紋次郎は一八七一（明治四）年九月の生まれである。日露戦争が正式に終結し、ポーツマス講和条約で樺太の南半分（面積は北海道の43％）が日本領土と決まったのが、一九〇五（明治三八）年一〇月で、祖父が二四歳のころである。

戸籍では、青森に三國由松の長男として生まれながら、三國林蔵と、いよの養子に出されている。その林蔵という名で、日本人で初めて樺太にわたり、樺太が島であることを発見した江戸時代末期の探検家・間宮林蔵を思い出される方もあろう。紋次郎もやがて日本の領土となった新生の南樺太に目をつけ、その西海岸の不凍港といわれた真岡《まおか》(現ホルムスク)町に近い蘭泊《らんとまり》に入植する。そして、旺盛な進取の気性をもって起こした海産物の事業が成功するのである。

私が生まれたのは最初の衆議院議員選挙の行われた一九二八(昭和三)年で、三國家は広い面積を持つ地所に大きな倉庫が並ぶ米穀雑貨商をしていた。敷地内を馬車が出入りしていたのを思い出す。今なら自動車だろう。樹木が茂る庭には、柵にかこまれた大きな池があり、橋がかかっていた。私はよく橋の中央から、鯉や金魚にエサをやっていた。池の裏手には、家族のおつまみ用に、百合の根が植えられ、湧き水がワサビを育てていた。塀を超えて倉庫の左手には広い畑があり、祖母のとらが作っていた。祖母はときに青森県浅虫温泉で過ごすので、いない時は今で言うお手伝いさんが耕していた。

私がはっきり記憶している祖父は、赤ん坊の妹・經子ちゃんを抱いてあやしているお爺ちゃんであり、よく親友だった横光さんと、静かに飲んでは会話を楽しんでいた姿である。二つ並べられたお膳には、裏の韃靼海峡で獲れた魚の刺身の盛り合わせ、それに茹《ゆ》でたてのワサビのおひたしが添えられていたに違いない。

父助次郎は後に紋次郎を襲名するが、姉と妹の三人きょうだい。体調がすぐれないのか、商売を母イソに任せっぱなしであった。大工仕事が好きで、敷地の北側の空き地に、3、4人の助手を指揮して、母屋に回廊式につながる立派な離れを増築した。その真ん中に、私と弟の子供部屋を作ってくれたのは嬉しかった。普段は箪笥類など、やたらに作っては、母に嫌みを言われていた。私も工作は好きで、難しい額縁を作って褒められたときは、嬉しかった。

私は兄が二人、姉一人、弟二人、妹二人の、八人きょうだいである。当時は、家事をするお手伝いさんが二人、一人は通い。お店の仕事をする店員さんが何人かいて、祖母の実家、陸奥湾に面した茂浦から出てきた者が多かった。母が頼りにしていた番頭さんは、北海道余市出身の荻野さんと、岩手県出身の川島さんである。川島さんは私と親しかった従姉の千世さんと結婚して、旧舘二階の二間に寝泊まりしていた。順子さんが生まれたのを覚えている。

夕食時はにぎやかだった。長兄や姉は家を離れていたから、兄（登代次《トッコ》）、私（隆三《リュッコ》）、弟（雅士《マッコ》）と三人の腕白小僧が揃えば、即興の歌合戦や取っ組み合いも始まって、笑いや拍手、制止の声がよく飛んだものだ。

2　幼馴染よ、ゴメンナサイ

樺太の冬の寒さは、尋常ではなかった。濡れたタオルがすぐ板のように固くなるし、唇がコップにへばり付くほどシバレタ。私が入学した蘭泊尋常高等小学校の裏を流れている川では、よく人夫が分厚い川の氷を切っては運んでいる情景が見られた。

一学年は赤組・白組の二学級あり、四年生までは男女共学であった。担任は一年が松田ハルエ、二、三年は佐久間トミ、四年は森賀三郎の三先生である。

私は内気で目立たない少年だったが、赤組の級長をしていた。白組の組長

東京蘭泊会（前列左・山本寛太先生、中・本山武雄先生、右・三國）
東京の中野サンプラザで

は後に健康優良児で表彰される山田亨君である。

一九三七（昭和一二）年七月七日、盧溝橋事件が起こり、日中戦争がはじまる。この時私は三年生で、「失敗は成功のもと」という作文が、担任の佐久間先生の推薦で入選し、「樺太日日新聞」で報ぜられた。父が建ててくれた子供部屋を、弟とどう使うかがテーマで、今でも私は段ボールの空き箱をあれこれと工夫して使っているが、その源流をみるようなものだろう。

五、六年生になると、学級は男女別に組みかえられた。担任は五年が本山武雄先生、六年が山本寛太先生で、私が組長だったかは不思議に覚えていない。ただ成績が、四年まで乙が二つ（音楽と体操）あったのに、五年だけはそれらも甲になり、オール甲だったこと、山田君とは親しく遊んだことは覚えている。おそらく、組長の役割が、朝礼の号礼をかけるくらいの仕事だったのだろう。

私は三年生の頃から、近所の子らと、うちの倉庫などでかくれんぼする類の遊びから、即興のメルヘンを語って聞かせるように変わってくる。読書が好きだったから、他愛ないストーリーが次々に浮かんだ。池田宣政・著「偉人野口英世」（講談社）を愛読してあこがれたり、作家を志したりしたから、もっといろいろな本を読みたかった。しかし、わが家は所帯が大きく、きょうだいも多かっただけシマリヤなので、少年倶楽部などは近所の同級生、松原昭三君から借りてむさぼるように読んだ。彼の二階には本がいっぱいあり、

蘭泊村の語源は、アイヌ語の「深い港《オラウネトマリ》」、「恋愛した港《ウラムトマリ》」による

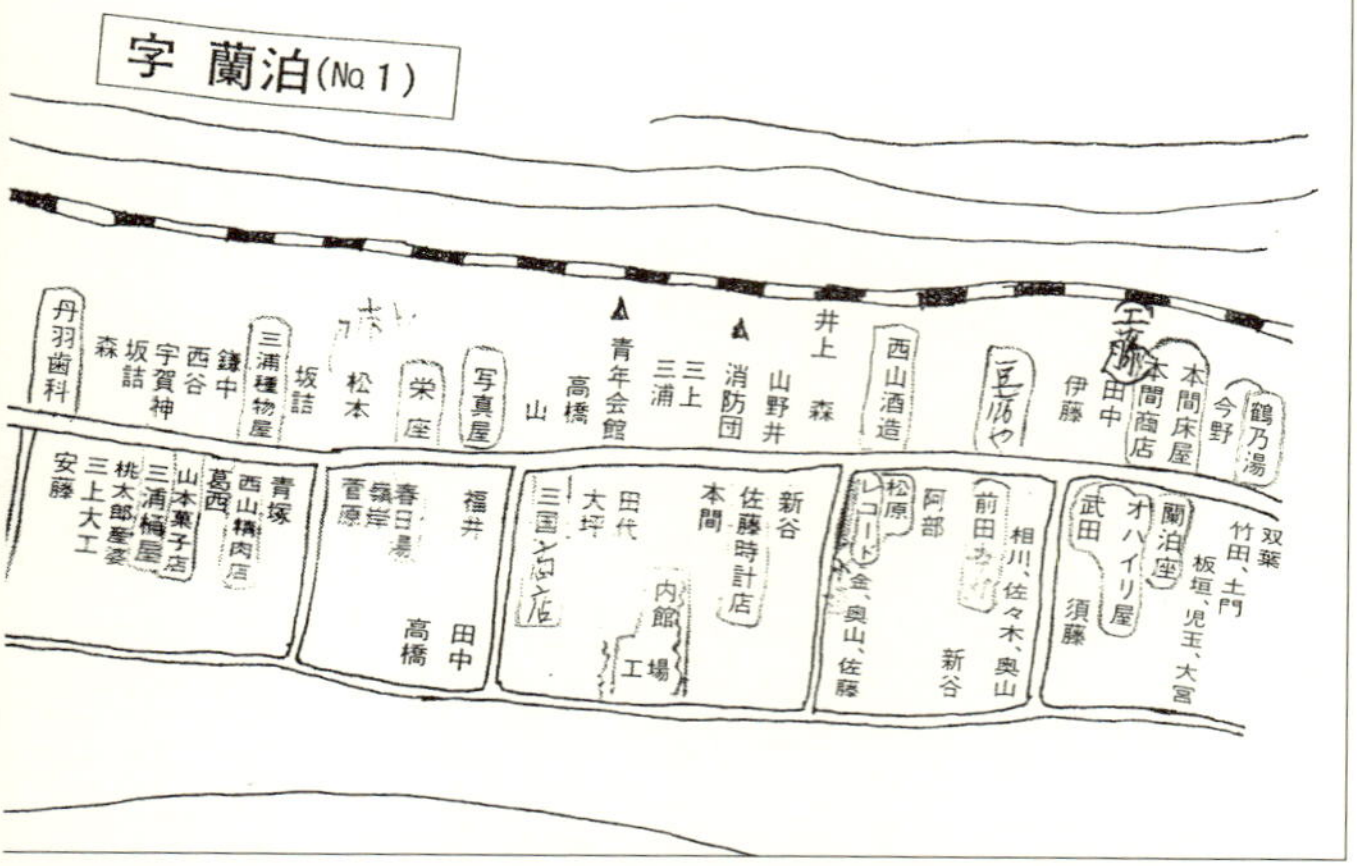

平成17年10月23日、織笠信子さん他作成、元青森蘭泊会会長 古舘瞳さん提供

いつも誰かがいて読んでいた。

ほかに、仲のよかった友達に三浦仁君がいる。大通りの海岸寄りの私と松原君の家を、三角形の底辺の両端とすると、彼の家は道路をへだてた山側、三角形の頂点の位置にあった。ほかにも友達はたくさんいたのに、後年になっても山田、松原、三浦の三人を時々思い出すのは、私の心に三人に詫びねばならない苦い想い出があるからである。

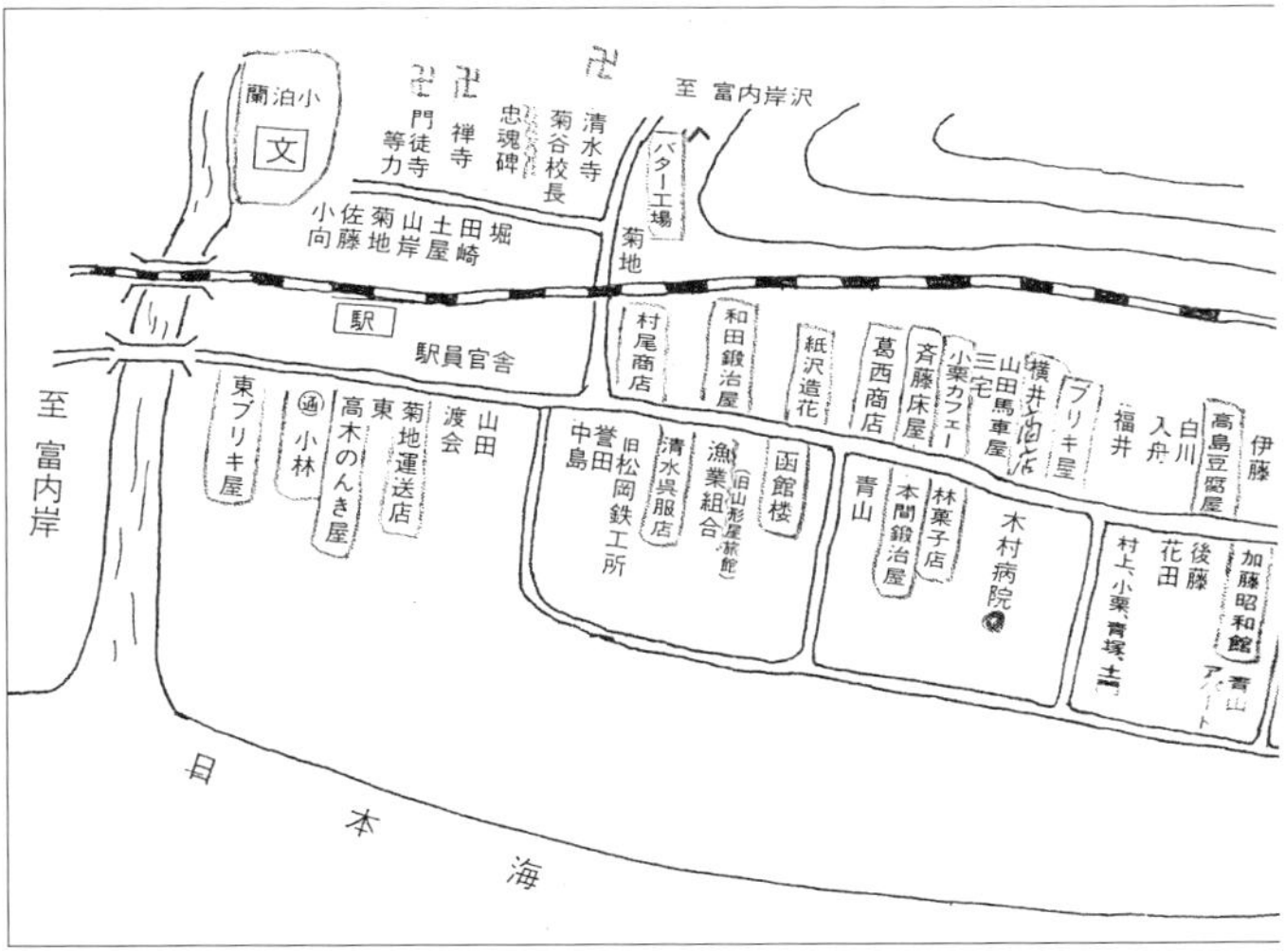

蘭泊村の町並み復刻図（1）

松原君の家はレコード店などをやっていたが、私はなにかの弾みで、お店のガラスを割ってしまったことがある。すぐ謝ればよかったのに、誰も見ていないのでそのまま帰ったのを、ずっと引きずったままなのだ。お互い大学生になって、東京で何回も会っているのに、このことは話題にもしていないままなのだ。

三浦君の家は種苗屋で、おとなしい彼とは一番気が合い、二人で

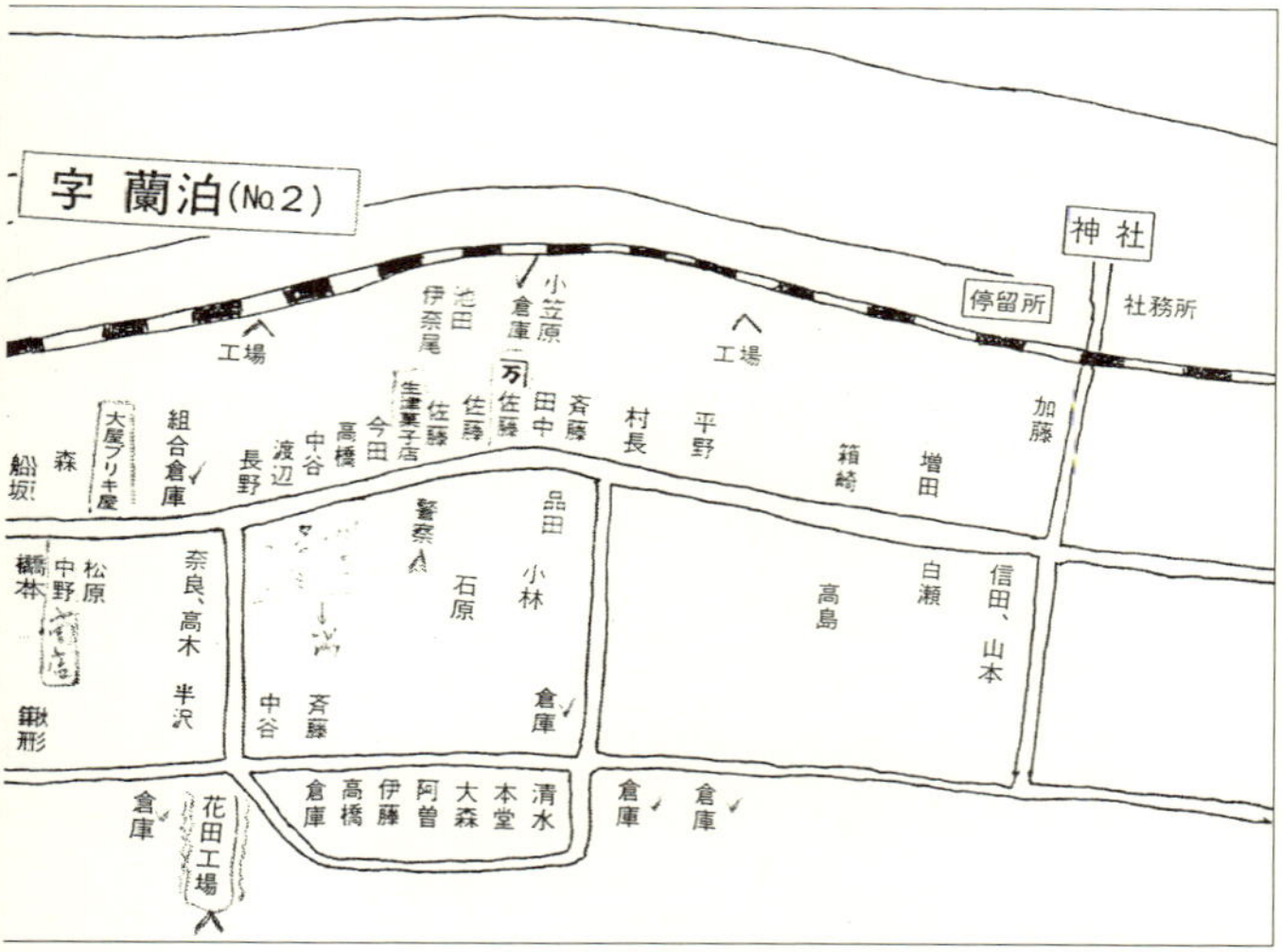

蘭泊のロシア名は、サハリン州ヤブロチヌイ

よく昆虫採集をして、一緒に標本を作ったりした。私は真岡中学に入ると、汽車通学したり、親戚が営んでいる真岡店に下宿したりしたので、会うことは少なくなった。そのせいもあって、私は中学の宿題に共に作った昆虫採集標本を、彼に断ることなく、自分だけの名で発表したのである。ずっと後になり、彼は予科練へ行って、戦死したと聞くだけに、わが身が恥ずかしい。

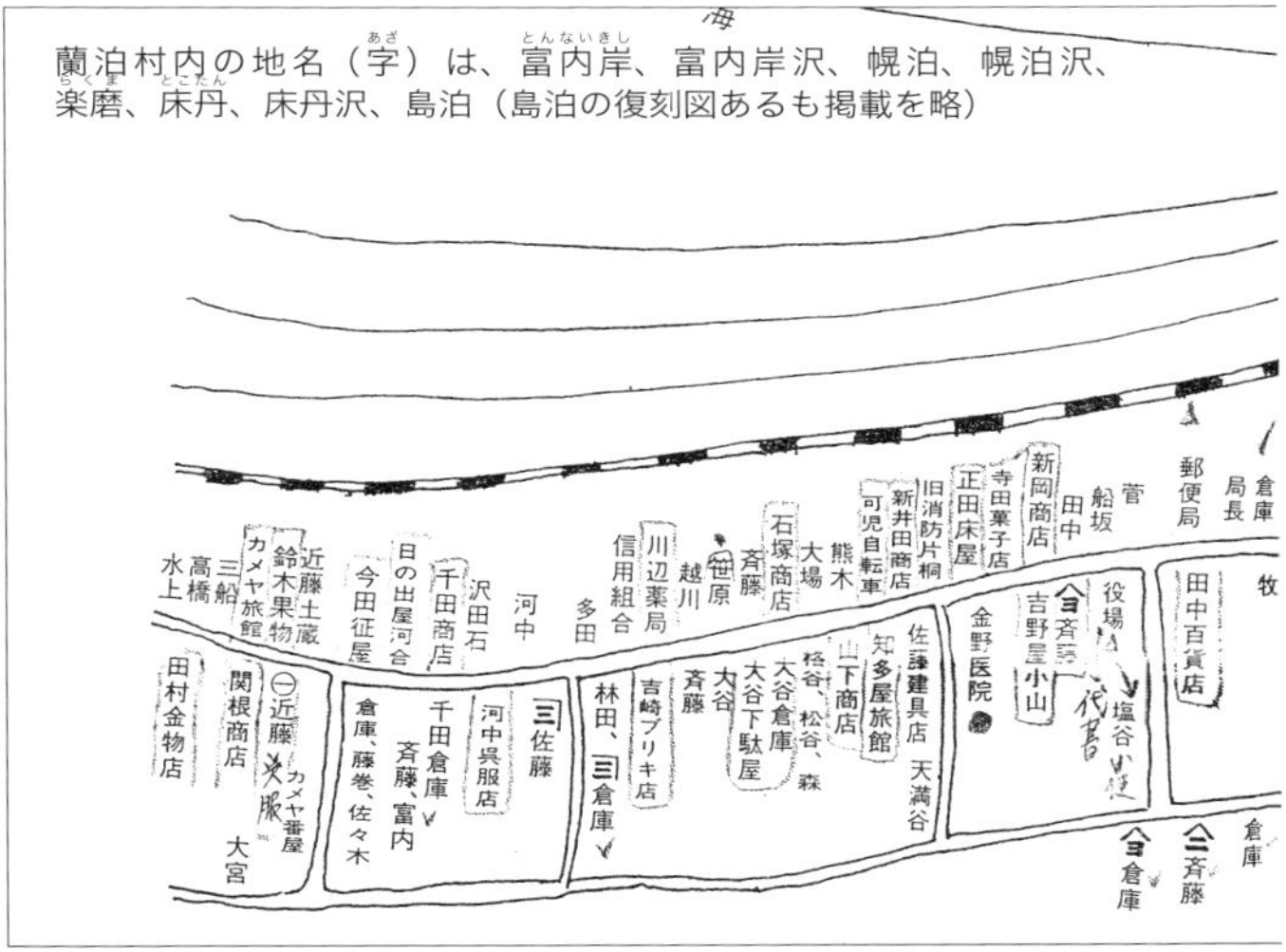

蘭泊村の町並み復刻図（2）

一九四一（昭和一六）年二月二二日の樺太日日新聞のコピーが手元にある。真岡中学校の入試合格者167名の名が載っている。同年私と一緒に蘭泊小学校から中学へ進んだのは、現役では木村医院の山田君、転校してきた教頭先生の長男の田中英世君など五名である。同年一二月七日、日本軍が真珠湾を攻撃、八日、日本は米英両国に宣戦した。

健康優良児で表彰された山田

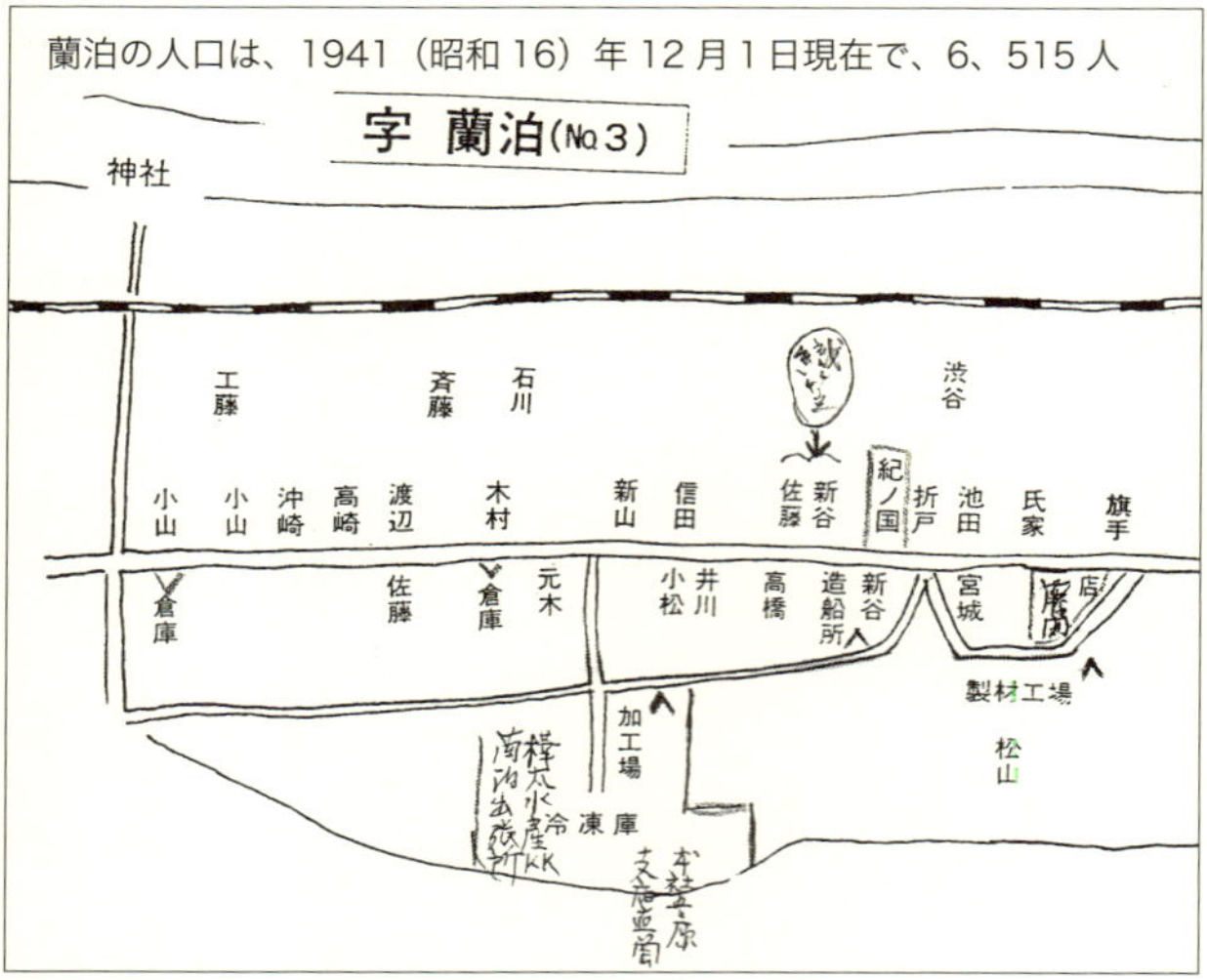

蘭泊村の町並み復刻図（3）

君は、結核で休むことになった。体力・学力ともに嘱望されてきた友人に振りかかった試練を、慰め、励ますことなく、私は後に述べるように、蘭泊の地を去ることになる。一年留学とききお見舞いに行かなかった悔いが残る。

その後、高校教師となった彼とは、同期会で入れ違い、その後も会っていない。ただ、年賀だけの付き合いがいつしか始まり、添え書きにわが家の池で釣りをしたことなど、想い出を記してくれる。田中君は千葉医大生のときから交流が再開し、彼に誘われて彼の父親の教頭先生と、六年の時の担任だった山本寛太先生と、東京で会食した。彼は結婚し、せっかく皮膚科の病院を持ったのに、病気で亡くなった。一度お見舞いに行けたのがせめてもの慰めである。

3　間宮海峡で泳ぐ

生家の裏は、海岸道路の先に砂浜と果てしない海が続く。私は毎日のように、對馬海流の影響で冬も凍らないこの海を眺めて育った。じつはずっと北の方にあると思っていた間宮海峡を見ていたのだ。歴史の変遷を経て、タタール海峡とか、韃靼海峡とも呼ばれた海で、黝《くろ》ずんだ青い色をしていた。

ときにニシンで海も砂浜も白くなると、私はバケツを持って、みんなと一緒にニシン拾いをしたものだ。海側の家はたいてい漁業をしているので、砂浜一面に昆布が敷かれ、みがきニシンを作る組柱が並ぶという風景である。樺太の名産といえば夕飯のご馳走のタラバガニで、それこそ鱈腹食べられた。

真岡中学校に進むと、汽車通学になる。帰りは北真岡駅での停車時間が、嘘のようだが二時間以上あった。夏には、この長い停車時間が楽しみだった。駅の裏で二年上級で一九七二（昭和四七）年に直木賞を受賞する綱淵謙錠を筆頭に、七、八人でよく泳いだのだ。夏といっても海水は冷たいので、焚火を囲んで震える体を暖めては、短時間ずつ泳ぐのだ。泳ぎが下手な私は、もっぱらウニの採取で、遠浅にいっぱい広がる昆布を食べてはち切れそうなウニは、とても美味しく、皆で楽しく食べた。樺太の短い夏の想い出である。

綱淵謙錠と私とは、旧制高校が新潟と弘前で違うが、大学は同じく東大で、就職も彼が中央公論社で、私が講談社に入り、同じ編集者の道を選んでいる。受賞作「斬《ざん》」（河出書房新社）は、徳川時代の罪人首切り役を務めた山田家の懊悩を描いた異色の作品である。その受賞を祝う会で久しぶりに会えたのは嬉しかった。彼はその後も一字題の多くの作品などを発表され、樺太人の誇りであり、期待の星であったが、一九九六（平成八）年、惜しくも他界されて、私も哀しい。

私は従姉千代さんの夫の逢坂第次郎さんの真岡店に下宿した。冬はスキーで通学したが、帰りは校舎のある高浜ヶ岡からの滑降が大の苦手だった。また、配給されたロシアパンがめずらしく、食べ盛りなので夢中になって腹が破れそうになるほど食べた。隣の叔母の家が広いので、千代さんの姉の娘、厚子さんと一緒に勉強するのが楽しみだった。

蘭泊の二階に住んでいた番頭の川島さんに招集令状がきた。岩手県の父母のもとから戦地に赴いて、やがて帰らぬ人となった。合掌。

4　15歳の旅立ち

わが家の庭には、実のなるのは、オンコの木とグスベリーしかなかった。オンコの実は、小さな種の周りをピンクの柔らかい果肉が包んだやさしい甘さのもので、口にいっぱい頬張っては種を吹き出して食する。樺太特有なのは、フィリップという赤いサクランボを小さくしたような実で、自然の原野に這うように実をつける。甘酸っぱいので、フィリップ酒にしてひろく飲まれていた。

ひさし振りに蘭泊の家に帰ったとき、家で同業者が集まって、商品の分配をしている最中だった。私は積み上げられた錬乳の缶を見たとき、無性に飲みたくなった。ロシアパンが糖尿の悪い癖を呼び起こしてしまったのか。いつしか一缶を小脇に抱えて部屋で飲んでいた。さすがに何日かかかったが、いささか気がとがめた。

この件は誰も知らないと思っていたら、二十年ほどもたって樺太から引き揚げた母と、就職して浅虫に帰省した私だけで、ストーブを囲みながら雑談していたときである。母がぽつんと「あのときは、人の出入りが多かったから何とかなったが、大騒ぎだったんだよ」と謎かけみたいなことを言うではないか。錬乳のレの字も出さないで、すべて承知だったことを告げたのであ

中学生の頃の著者

る。「母は知っていた！」ということは、ショックだった。そして、有難いなあと実感したのである。

私の手元に、真岡中学時代の賞状が二つある。一つは一九四一（昭和一六）年一〇月、樺太庁真岡中学校友会から第一学年の時もらった図画第佳良等の賞状、二つは一九四三（昭和一八）年三月、真岡中学校から第二学年の時もらった「品行方正学力優等」の賞状である。

やがて、私が下宿していた逢坂第次郎さんにも招集令状がくる。東京の姉が見送ることになったが、私は単身上京を思いたつ。母を説得して初めての旅となった。村内の羽《は》母《ぼ》舞《まい》に飛行場があったが、私は南の湾奥にある大泊（現コルサコフ）と稚内を結ぶ稚泊連絡船に乗って宗谷海峡をわたる。北海道を

南下して函館から青函連絡船で津軽海峡をわたり、本州の北端・青森に着く。列車に乗り換えると、最初に祖母の隠居所のある浅虫に停車するが、私は下車せずそのまま上野まで直行する。何もかも目新しかった。

姉の下宿先から東京見物をしているうちに、第次郎さんの入隊の日が迫る。前夜、横須賀の宿で晩くなるまで語り明かしたが、三人の腕白盛りの男の子を残しての入隊なので、さぞかし、心残りであったろう。翌朝見送ったが、あれが第次郎さんの最後の姿だった。

村上家の玄関で　右より姉の村上秀さん、弟の三國雅士、美恵子さん夫妻と長男誠司君

帰途、私は青森県浅虫温泉の祖母の隠居所に寄り、そのまま居座った。青森中学に転校の手

続きをしながら、友人など誰にも告げずに故郷を出た以上、私はもう夢と志に向かって足を踏み出したと感じた。

またも汽車通学だったが、下級生の猪谷千春氏が転校してきて、仲良しになる。父母ともスキーヤーで知られ、誘われるまま浅虫のお宅にお邪魔したことがいい想い出である。教室では津軽弁の中で、私の標準語がからかわれ、なかなかみんなと馴染めなかったが、苦手の数学など真岡中学の方が進んでいたおかげで、成績はよかった。祖母と私の面倒を見てくれていた叔母は、通信簿を見て驚いていた。

やがて、生まれた地であり、かつ幼年時代を過ごした私の故郷が、太平洋戦争に敗れて異国になってしまうとは、全く予想してなかったことが続くものである。

第二章

敗戦前後——忘れられぬ体験

『返せ全千島　樺太　北の防人』（根室市）

5　戦争末期の中学生

青森中学校には軍人の教官が配属になり、軍事教練が盛んに行われるようになった。私は銃剣術なら得意だったが、スキーでの雪中行軍には閉口した。体育ではなく、軍事教練の延長だからなのか、砂袋をリュックに入れて背負い、学校のある浪打から浅虫間、片道バスで30分ほどの国道4号線を往復走らせられた。また、深い雪で知られる八甲田山八峰を登っては滑降するのを繰り返すのである。砂袋が肩に食い込まなかったら、それなりに楽しかったかもしれないが……。

講堂で校長の柿崎守忠先生の講話を全校生が立ちっぱなしで聴いたとき、突然、「なんだ、体を動かして」と教官が怒鳴りだした。そして、あろうことか、確かめもせず、私にビンタをくらわすのである。講話は中断されたが、前方に居並ぶ先生方は何も言えない。教室に戻って、担任の上田武夫先生は同情してくれたが、教官が我が物顔する学校生活が、だんだんエスカレートしてくる。

私の家は海岸にあり、その頃は廊下から釣りができるくらいの距離に、波が打ち寄せていた。玄関の前には少々空地があって、植物が好きな私は花など植えて楽しんだ。誰だったか覚えていないが、種をくれたのでそれを育てていたら、通行人に「咎められるぞ」と注意された。煙草だったのである。

祖母は分家に小作に出した山手の畑の一部を戻してもらって、畑作業をしていた。可愛がられていた私は、その手助けをして重宝がられ、肥汲みまで

浅虫温泉裸島　太宰治の『津軽』にも出てくる
その右ほぼ中央が、東北大学水産実験所

している。家の前の花壇も、いつしか野菜が多くなって、汲んだばかり人糞を平気で振り撒いている。となりのおばさんが不快な顔もせず、「感心によくやるね」と褒めてくれたのだから、大らかさがまだあったのである。分家の人たちに交じって田植えに参加したのも、得難い体験だったと思う。

戦局が急を告げるにつれ、中学生にも学徒動員がはじまった。一九四五（昭和二〇）年、本州の最北端の中学四年生は、横浜の湘南富岡にある工場に動員され、兵器の製作に従事していた。

やがて卒業ということになるが、これまで五年卒だったのが初めて四年卒となる。しかも卒業式は、この動員先で行われた。おそらくどこの中学生も、修学旅行などは経験しなかったのではないか。

当時、同学年生はそれぞれ、予科練、海（軍）兵（学校）、陸（軍）士（官学校）、弘前高校を目指した。卒業式が終わると、合格した者はそれぞれ郷里へ帰っていったが、まだだいぶ残って働いていた。

私は祖父の開拓精神の血が騒いでか、〝南方雄飛〟を夢見て、東南アジアの指導員を養成する国立の特殊学校、大東亜省の大東亜錬成院第三部（拓南塾の五期生）を受験していた。

6 横浜大空襲に巻き込まれる

合格の通知は来たが、入学は七月三日となっている。そこで姉のところで待機することにして、帰省の許可を得た。五月二九日、寮のみんなに別れを告げて、電車に乗った。東神奈川駅にきたところで、空襲警報が鳴って、みんな電車から出た。横浜はこれまで空爆がなく無傷だったと聞いていたが、これまでの東京大空襲を凌ぐ規模の大惨劇に遭遇したのだ。資料を参考しながら、私が九死に一生を得た体験をしるしてみよう。

午前九時一五分、上空に姿を現したアメリカのＢ29爆撃機約５００機が、戦闘機100機などの護衛を受けながら、防戦する日本軍の高射砲や機銃の砲火を警戒して編隊を組まずに飛行し、まず先頭の大隊が準備火災を発生させる目的で焼夷弾を投下。その火の手を目標に後続機が1機ずつ低空で侵入、集束弾で焼き尽くす〝ジュウタン爆撃〟が始まった。1時間ほどの短い間に、2、570トンもの焼夷弾などで爆撃してきたのである。当時97万の人口をかかえた横浜の中心部は、山手地区と山下公園を除いて、ほとんどがあっという間に燃え尽きてゆく。

東京を襲った大きな空襲は、三月一〇日、四月一三日、五月二四日と少なくとも三つあったが、B29の数でみても、それぞれ順に300、160、250機だから、横浜の方が多いのは歴然。焼夷弾も同様で、資料には三月一〇日は1、165トン（四月一三日は単位は違って約10万個）とある。しかも、横浜の焼夷弾には日本の家屋を焼き尽くすため、落下途中で複雑に飛び散り、油をまき散らすように、油が仕込んであったという。さらに、東京大空襲は三つとも夜間行われたのに対し、横浜は昼前の視界のよい時間帯に低空飛行で狙われたのだから、瞬く間に火の海が現出した。逃げ惑う人々があっという間に火だるまになる地獄絵図が繰り広げられた。

私は防火槽の水をかぶり、「なんとしても、生きろ！」と自分を奮い立たせながら、雨のように降りかかる焼夷弾のなかを走る。助けを呼んで縋《すが》りつく人を振り払い、皮膚が焼け垂れて死んでいく人たちをかき分けねばならない。恐らく鬼の形相でひたすら走り続けて、大きな橋の下に転げ込んだ。

どのくらい時間がたったろうか。水の中から体を出して土手に這い上がる。見渡す限りの焼け爛れた原野で、煙が立ち上っている。足を踏み出すと、アスファールトはすごい熱気で耐えられず、また川に飛び込む始末。一晩中、川に胸まで漬かりながら、命拾いしたことをしみじみ噛みしめたのだった。

日が明けたので、熱気が収まった処を探しながら歩を進める。右も左もわからない中を、どうすれば遠い三鷹の姉の寄宿先まで行けるのか。乗り物に乗らなかったと思うが確かではない。道を尋ねる声もかすれ、ひたすら長い歩行をつづけ、心も体もぼろぼろになって、やっと辿り着く。ところが、ここも前日、空襲があり姉は防空壕にうめられたとかで留守。部屋にあった蜂蜜の瓶を、夢中でつかんで飲んだ。そのおいしかったこと。ふと振り向くと、防空頭巾をかぶった姉が、あきれて笑って立っていた。

姉が寄宿していた家の斜め前には、やがて割腹自殺する阿南陸相の家があった。青森への切符が買えるまで、その前をよく通ったが、後で陸相の子息の惟道氏が、私が後年勤める講談社の5代社長になるとは、世は狭いものである。

7　「錬成」という名の軍隊式シゴキ

大東亜省立の大東亜錬成院第三部は、あの横浜の保土谷にあった。私のような地方出身の者は、五月でなく七月入学となった。指導してくれるのは、基幹生徒が8人。新入生146名のうち、35名が一足先の五月と六月に入学していて、すでに特訓を受けていた。第1〜4中隊あり、全国から集まったので、それぞれの方言が飛び交い、私は九州や関西の言葉が初めて聞くだけに新鮮で面白かった。

私は第二中隊に配属になり、何人かとすぐ親しくなったが、その中の一人、石井和夫君は五月入学で、本校には1年浪人して合格しただけあって、いろいろ知っていて教えてくれた。塾長の海軍中将宍戸好信《よしのぶ》にはなかなか会えなかったが、彼は〝部長閣下〟と呼んで尊敬しており、その講話をとても楽しみにしていた。

さて、だれも45日後に敗戦がやってくるとは知らないわけだが、院内には戦況不安では説明できない驚天動地の世界が展開して、塾長を悩ましていたのである。シゴキともいうべき異様な訓練で、思いだすのも嫌なので、入学前日からずっと書いていたという石井和夫の手記から一つ引用することにしたい。

五月二十四日、軍隊に勝る厳しさに、度肝を抜かれっぱなしだ。階段の昇降訓練に始まって、対面ビンタの切磋琢磨、整理整頓、非常呼集、帰隊時刻云々など、事ある毎に、往復ビンタや竹刀《しない》による打擲《ちょうちゃく》が加えら

池袋での「拓南の会」の帰り（左より石井和夫、野村鍋一、竹林克己、小嶋忠、岡野栄三）

れる。基幹生徒から「貴様たち、弛《たる》んどる。気合を入れる」と言われ、廊下に向い合って並ばされると、目から火花が飛び、顔が火照《ほて》り、唇は血で溢れる……

五月に入学し耳の鼓膜がおかしくなって病院に通っていた石井は、今度はなんと七月に入学した私たちに、竹刀を振り上げては気合を入れる役目を与えられていた。彼らの竹刀は叫びと一緒に新入生を威嚇して風を切ってうなる。「もっと力いっぱい床を叩きつけろ、声を限り怒

第２小隊の面々　前列斜めの男は石井和夫、奥の列左は三國

声を張り上げよ」と、基幹生が大声でけしかける。ときに、石井の手が震えて、同級生に打ち下ろされることもあったという。これでは、下手な軍事教育じゃないか。南方の諸民族と融和し、その国造りに協力する人づくりは、どこへいったのか。私は次第に落胆していく。

それでも、どうしたことか。訓練の一つ、突然の深夜の非常呼集に、私はトップで校庭に躍り出たことがある。しかし、校庭を回る駆け足になると、ゲートルがブカブカで、いつ解けるかが気になるから段々遅れ、行進についていくのがやっと。あれが解けたら、どんな目にあっていたか。

やがて日曜日の外出を利用して脱走者が4名も出た。さらに赤痢が発生して死者が出、果物ナイフで切腹を図る事件まで起こる。私が姉のもとに逃げ込まなかったのは、ただ勇気がなかったからである。塾長の講話だけが心の頼りだが、なぜか少なくなり、ほとんど軍事教練と農作業だけになる。農作業は事務職員を含め全員でやったが、祖母との畑仕事が懐かしかった。

この校庭で、八月一五日、敗戦の玉音を聞くことになる。「死のう！」と誰かが叫ぶ声がした。しばらくはざわついたが、もう基幹生徒を憚る者はいなかった。お互いに黙したまま、うなずき合った。（生きよう！）と。

時代は流れて、芸名を石井一雄という俳優になる石井は、一九五三年の東映映画「健児の塔」に主演し、私はブロマイド作りを手伝う仲になった。彼は「あのときは基幹生徒の目が光っていたんだ。どうか書いてくれ」と、大事に書きとめていた手記をあらためて整理したというノートを渡してくれた。私はこの手記をもとに、その後、先輩たちの協力も得て『ある塾教育―大東亜戦争の平和部隊』(展望社) を刊行した。

この本の装丁のバックの絵は、同じ部隊で苦楽を共にした創画会の黒澤吉蔵画伯が描いてくれた。また、本書の序章は、海軍中将の宍戸塾長と、当時話題になった黒澤明の『まあだだよ』のモデルだった随筆家・小説家の内田百閒との類似性、〝師弟愛〟から書き起こしている。この本が機縁で、外地から帰って来た塾の先輩、特に一、二期生との交流が始まった。

たとえば野村東印度殖産株式会社に入社した二期の小西博隆氏は、ジャワのボゴールに赴任し、1万ヘクタールもの茶とゴム林の管理をしていたが、軍の司令部から重要な戦略物資に必要だからコンニャク玉を5トン、至急集荷し納入するよう要請された。そこで苦力たちと水辺や竹やぶなどに多いコンニャクをしらみつぶしに探すのだが、これは当時、風に吹かれて米本土を襲った「風船爆弾」の資源集めであった。このことを彼が『拓南塾史』(一九七八)に書いたのを読んで、私はユーモアがあり、風景描写も絶妙なので、「白い花をつけた戦略物資」という一章を設けて、『ある塾教育』に掲載した。これが縁で、小西氏とはずっと文通が続いている。氏は会社の専務取締役を退職後、小西領南の名で俳句雑誌「黄鳥」を一九九六(平成八)年に創刊し、その代表となり、句集を何冊も出版されている。「黄鳥」や句集は、刊行の都度私に贈呈してくださる。

私はまた、同じく二期生の尾身信次氏、高柳秀勝氏らがかつての二小隊の仲間と毎年やっている家族ぐるみの旅行会「二小会」に誘われた。有馬温泉、京都、日光と一緒に旅するうちすっかり打ち解け、宿では先輩たちが現地での苦労話を話してくれたのが思い出になった。また、京都で時代劇俳優として活躍した石井は、引退して私が住む練馬区に新居を建てたので、五期生の集いを石井邸で、私が幹事で開いている。

8 ソ連上陸——さらば樺太、されど樺太

一九四五（昭和二〇）年八月九日、ソ連軍は突如、日ソ中立条約を一方的に破棄して、樺太に侵入して不法占拠した。ヤルタ協定によって、南樺太と千島列島（どの範囲を意味するか必ずしも明確でない）をソ連領土とすることは、アメリカとイギリスの合意を得ていたが、アメリカの軍の進出がない

のをよいことに、日本固有の領土である南千島および北海道に付属する歯舞諸島を占領、日本の正式降伏調印後の九月二日、色丹島まで手に入れた。

さらには八月一六日、スターリンはトルーマン大統領宛てに、これまで参戦条件として持ち出したことのなかった北海道北部の占領を追加要求し、トルーマンの拒否の書簡を一八日に受けとった。それにもかかわらずスターリンは、正式降伏調印まえに既成事実化してしまおうと、その作戦基地として樺太の西岸随一の良港・真岡（現ホルムスク）を占領しようと動き出した。

ソ連艦隊4、5隻は、八月一六日、まず塔路を砲爆撃して上陸、翌日、白旗を掲げて交渉に行った町長と警察団員ら6人が銃殺されて発見された。さらに、ソ連軍機は上恵須取《かみえすとる》へ逃げる避難民に無差別に銃爆撃を繰り返した。負傷者の看護にあたっていた太平炭鉱病院の看護婦10人は、避難の途中で集団自決した。以下、親戚や友人の体験談、資料によって、当時の真岡の状況を

海から見たホルムスク（旧真岡町）1995年（平成7）年8月25日撮影
1970（昭和45）年の人口は3万5000人

描きだしてみよう。

八月二〇日早朝、真岡港の霧が晴れるや、沖合いまで南下した軍艦からいっせいに艦砲射撃が始まった。上陸用舟艇が続々と陸地に乗り上げた。本土では戦争は終わったというのに、真岡の町は戦火と化した。ソ連軍はマンドリン銃といわれる軽機関銃で、建物の入口や窓に威嚇射撃をしながら、市街地を上がってくる。彼らは防空壕と見るや、ふたを開けてやみくもに銃を撃ち込み、手りゅう弾を投げ込んだ。

皆さん
これが最後です
さようなら
さようなら

九人の乙女の碑の前で　稚内公園

悲劇はいたるところで始まった。なかでも沖縄の「ひめゆりの塔」とも言われ、樺太の戦争悲劇として語り継がれているのが、青酸カリを飲んで次々と死んだ九人の女性電話交換手の話である。蘭泊出身の伊藤千枝先輩もその一人で、彼女らを祀る石碑は、稚内市の遠く北方を望む丘に立つ「氷雪の門」の左にあり、「皆さん　これが最後です　さようなら」と刻まれている。

後年、私もその前に立ち、合掌した。宗谷岬から43キロの近距離に、かすかに樺太の最南端、西能登呂岬がみえる。これにも手を合わせたのである。

私の家族は、折悪しく祖母も叔母も樺太に帰っていて、全員が蘭泊や真岡にいたから、どんなに辛かったか。私はただ、無事に生きていてほしいと祈るだけであった。

日本側は、第五方面軍の指導に基づき、第八十八師団の軍人や軍属をはじめ、国境警備の警察、さらに15歳以上の男子で組織した義勇軍などが頑強に抵抗した。そのため、占領が遅れて北海道作戦開始のめどが立たなくなったソ連は、八月二二日、北海道分割を断念するに至る。

北海道が調べた記録によると、この二週間ほどに亡くなった日本人の数は、4、200人。このうち軍人が700人、民間人の戦災死者1、800人である。さらに、南樺太から引揚者を乗せて沈没させられた引揚船3隻の死者・行方不明者1、700人となっている。もちろん、実際の数はこの程度ではなく、脱出しようとして宗谷海峡でソ連の艦船に見つかって銃撃されて沈没し、荒波にのまれて海の藻くずと消えた人々の数はまったく不明である。

さて、「真岡中学校の同窓会幹事長や蘭泊会の会長をされた前田幸助氏の「引き揚げまでの想い出」によると、私が二年生まで学んだ真岡中学校の校舎はソ連軍の兵舎となり、中学校の図工室はソ連軍の将校クラブとなった。

一九四五（昭和二〇）年一〇月より真岡中学校の生徒は、真岡第二小学校の校舎の一部を借り、ソ連邦南樺太ホルムスク市ホルムスク中学校として授業を開始している。先生は谷内譲校長、松本副校長、平野教頭、菅先生で、前田氏は谷内校長より、「先生が不足しているから」と頼まれ、翌一九四六（昭和二一）年三月より物理、化学、数学を教えている。

翌四月には校舎が使えなくなって、真岡第四小学校に移転し、その一部を借用して授業を再開した。同年九月よりは、野田、蘭泊、広地などから汽車通学していた生徒は、汽車の運転ができなくなって、それぞれの小学校の一部を借りた分校で、真岡商業学校の生徒も合同で、中学校より定期的に来校した先生の授業を受けている。一九四七（昭和二二）年二月、真岡中学校の卒業式が行われたが、なんとロシヤ語の卒業証書が卒業生に渡され、卒業生を面くらわせている。

さて、サンフランシスコ平和条約で、日本は南樺太の領有を放棄、40万人以上住んでいた日本人のほとんどは、一九四六（昭和二一）年一二月一九日の「ソ連地区」引き揚げに関する米ソ協定にもとづいて、引き揚げてゆく。私の家族や親戚も、何もかもを樺太に置き、わずかな手荷物だけを抱えて真岡港から引揚船に乗った。みんなで無事を喜びあったのである。

されど、さまざまな理由で残らざるを得なかった人が千数百人はいたという。残された彼らは。ソ連社会の中で辛い毎日を送っている。また、ソ連は一九五一（昭和二六）年のアメリカ、イギリスなど四八ヶ国と結ばれたサンシスコ平和条約には調印しなかった。この平和条約では樺太と千島一八島は放棄させられたが、未だその帰属を決定する国際会議は開かれていないから、「南樺太の最終的な帰属は未定」というのが日本政府の立場なのだ。沖縄は、年月はかかったが返ってきた。しかし、酷寒に抗し、不毛に挑み、心血を注いで殖産を起こし、制度を整え、文教をすすめて近代樺太を築き上げてきたのに、南樺太はもう誰も返ってくると考えてないのはなぜか。日本の固有の北方領土、歯舞・色丹、国後、択捉さえ、返還のめどがつけられていないのだからか。

私の家族が樺太から引き揚げてきて、祖父の弟一家に貸していた田畑の返却を申し出るが、交渉が長引く。収入がないので、家の前を増築してお土産店を始めた。

夏になると、駅の近くに水族館と海水浴場があるので、観光客がくるよう

浅虫のお店の中で（前２列左より祖母、下の妹修子、父、母、後列は下の妹經子、次兄登代次、隆三）

になる。湯の島の前で花火大会が行われる日がピークである。私は毎日ベランダから眺めているこの島まで、泳いで往復してみたくなった。家からは近く見えるので、ある日、思い切って誰にも告げず一人で泳ぎ始めた。しばらくして振り返ると、家が遠くに見えるのに、湯の島もまだずっと先である。私の平泳ぎの手足が乱れ始めた。「落ち着いて！　あわてたら溺れるぞ！」と自分自身に言い聞かせながら、静かに泳ぎを続けた。ずいぶん時間がかかっ

ベランダでギターを弾く兄登代次。陸奥湾に浮かぶ湯の島が見える

たが、なんとか島に着いた。８００ｍの距離を泳ぐには、まだ経験も力も足りなかったことを知らされた。帰りは泳ぐ気力がなかったが、幸いなことに観光客の舟が乗せてくれたので帰れた。私はこの経験をひそかなヒミツにしている。

お店は順調だったが、開店早々にコソ泥が入って、現金を盗まれた。つづいて北海道拓殖銀行に勤めていた長兄が病死するなど、災難と不幸がつづく。しかし、北海道からの修学旅行生の団体で温泉街がにぎわうようになった。お店をさらに増築して対応すると、母の商才と指揮、妹の呼び込みや商品包装、父の多様なおみやげ箱の出し入れさばきなどで団体客がうまく流れ、商売は大当たりし、立ち直るのである。

第三章　学生生活の想い出

旧制弘前高校生の和装で

9　バンカラな青春を謳歌

さて、一九四六（昭和二一）年、大東亜錬成院解散で一年遅れて、私は旧制弘前高校に受験し、合格した。戦時下で英語があまり学べず苦手だったので、ドイツ語をメインの外国語とする文科乙類、いわゆる文乙を選んだ。英語が得意な従兄の裕三は、文甲に同時入学している。校長は栗原一男先生、学級主任はドイツ語の西郷啓造先生で、後に歴史学者の宮崎市定先生に変わった。西郷先生は、当時劇作家として鳴らした菊田一夫氏の弟である。学業成績証明書を見ると、第一～三学年順に、平均点は72・4、73・0、77・3で、組での順位は優秀な人が多かったなかで、33人中の11、29人中の6、29人中の4と、しり上がりである。

宿所は最初、一年前に理科に入学していた中学三年のときの同級生で浅虫に住んでいる福田正典氏に誘われて、高校前の同じ下宿の一室を借りて通学した。この下宿で記憶にあることは二つある。一つは、部屋に貼った映画の大きなポスターである。当時話題になったジャン・ギャバンの名声を決定づけたデュヴィヴィエ監督の傑作「望郷…ペペ・ル・モコ」(一九三七)のポスターだ。この前で、よく映画好きでバンカラなクラスメートが集まって、封切られたばかりのイングリッド・バーグマン主演の「カサブランカ」のことなど、目を輝かせて語り合ったものである。

二つは、トイレが別棟になっていて、用を足すのに大きなリンゴの木の下を通らねばならない。秋になると、リンゴが甘い匂いをあたり一面、漂わせていた。私は、ときに手を伸ばして1個失敬しては、ひそかに部屋で食べたものだ。素早くもぎとれただけに、店に売っているのよりよく熟れていて、とても美味しかったことが忘れられない。その後、寮生活もして、旧制の高校生独特の青春を謳歌し合った。たとえば、校庭で夜、焚火を囲んで、校歌や応援歌を蛮声いっぱい張り上げて歌ったものである。

文乙の友人で印象が浮かぶのは、三人いる。一人は、寮の私の部屋で居住を共にした池端清一氏である。北海道の彼の実家の経営がうまくいかなくなり、現物支給された鮭を二人で売り歩いた経験もある。結局彼は一年遅れて卒業するが、苦労しただけあって、後に、村山内閣のとき国務大臣になっている。有珠山が噴火したとき、私は彼から依頼されて集まった体験記録をまとめ、講談社から発行した。そのお礼に弘前高校の先輩でもある岡村町長から、噴火灰で作った花瓶を贈られた。池端議員は、衆議院の彼の宿所をはじめ、二、

池端国務大臣誕生を祝う会（中央・池端、右端・三國）

三案内してくれたことも懐かしい。

二番目には最上太門氏を挙げよう。私は彼より一年遅れて新制の東京大学教育学部に進むが、この学部は彼が専攻している文学部の教育部門を拡充させたものだから、先輩になったのだ。私が講談社に入ってからもお付き合いがあり、学習図書出版部にいたとき、彼からの受け売りで、新しい「プログラム学習」を取り入れたのが注目され、私は初のテレビ出演をしている。

三番目には、八戸市出身で東京大学

文学部宗教学科に進んだ小笠原雅人氏がいる。同じ練馬区で禅をやっている是々庵の主である。私の個展に来てくれたことがあり、旧交を温めている。先般ライフワークにされていた瑞《ずい》龍寺《りゅうじ》で行われた「心にしみる法

弘高生青春の像（高橋剛作）前島郁雄・提供

話集」（全五集）を完成された努力には敬服させられる。

弘前といえば、一六一〇（慶長一五）年津軽信枚が弘前城を築き、津軽一〇万石の城下町として発展、重文弘前城は日本七名城の一つ。今では四月下旬～五月上旬に咲く弘前城跡の桜は全国でも花見所のトップとして人気がある。高校生も弘前公園のお城に近いいい場所を当番が確保し、よく飲み、

よく歌ったものである。町の人は旧制弘前高校を愛し、誇りに思ってくれるので、我々も節度は心得て、楽しく酔いしれたのである。

休日に私は、当時の高校生の正装ともいえる羽織、袴《はかま》、高下駄履き姿で青森駅前に降りた。すると、「やあ！」と、懐かしそうに声をかけてきた人がいる。なんと、真岡中学で席が前だった吉川辰夫君ではないか。英語の先生の似顔絵などを書いて、ふざけ合った仲である。彼の真岡の家は大きな果物店をやっていたが、引き揚げてからも青森駅前でリンゴのお店を出しており、彼はそのお手伝いをしているという。私の変装を、よくぞ見破ったものである。いや、学生服なら見落としていたろう。

8節に書いたソ連上陸を実際に体験されており、友人の消息など話は弾み、浅虫の家にも来てくれた。彼との友情は、彼が横浜港税関に勤めるようになって以降も続いている。

10　教師の体験と戸籍のミス

一九四九（昭和二四）年三月一日、私は弘前高校を卒業すると、四月に青森県教育委員会から「青森公立学校教員に任命する　三級に叙する　五級七号俸を給する」の辞令をもらって、青森市立浪打中学校の教諭に補された。引揚げ後の家庭の事情を考えると、すぐ進学する気にはなれなかったのである。

中学のころ通学した汽車に乗って、今度は通勤が始まった。そのころ、アメリカの新しい教育が取り入れられて、児童との接触には気を使うことが多かった。私はこれまで教育にはあまり関心がなかったので、三年生を担当しながら、教育の本を読むようになった。そのなかで一〇月に発刊された宮原誠一著『教育と社会』（金子書房）に興味を感じた。東大助教授の宮原先生は、アメリカの哲学者、教育学者ジョン・デューイの影響を受けており、私はこの先生のもとで勉強したいと思うようになった。話題の教育思想をデューイの著書“The SCHOOL and SOCIETY”から知ろうと、原書を取り寄せ、コツコツ読んだものだ。

社会教育学科の宮原誠一教授

一方、私が中学四年のときに担任だった上田武夫先生の娘、悦子さんが私のクラスにいたのが縁で、請われて家庭教師をすることになる。私は悦子さんの伯母さんに気に入られ、八甲田の酸ケ湯温泉に招待されたこともある。後年悦子さんは、弘前高校時代、私を下宿にさそった福田君と結婚される。また、彼女の兄の上田一夫氏は、私の弟雅士君と同じ会社に勤めることになる。悦子さんも一夫氏も、今は千葉県に住んでいて、私の個展の時は来てくれた。

私はさして受験勉強をしていなかったが、ひそかに東京大学を受験した。大学は新制になっていて、文学部の教育学科は、学部に昇格して、①教育学科、②教育心理学科、③教育行政学科（教育行政学科と社会教育学科）、④体育学科に分かれていた。私はわずか一年でも現場で教育を経験したのは役立つはずだから、①②とも考えたが、やはり教授になった宮原先生が率いる③の社会教育学科を志望した。

この学科は公民館を始め、図書館、放送・新聞・出版・映画などマスコミ全般を通して教育を考えるもので、幼い頃から憧れていた作家や編集の仕事に近づける道だと考えたのである。しかし、新しい教育改革を求める教育界に、J・

デューイ研究の第一人者・宮原先生は人気があったから、競争率は厳しいに違いない。一九五〇（昭和二五）年、合格の通知が来たとき、「ヤッタ！」と喜んだ。

さて、次節から大学生活に入るが、その前に幕間《まくあい》として、私に関する戸籍の誤り《ミス》というか、ミステリについて、記述するのをお許しいただきたい。

東大生の頃

私の妻の誕生日は一九三四（昭和九）年三月三日である。こんなケースは、手続きを操作して祝日にしたと疑いたくなる。夫が妻の誕生日を書面に記入することは案外多いものだが、自分の誕生年の昭和三年に六つ足すより、3×3＝9で九年三月三日とスラすら書けるから便利ではある。

ところで、私には名前と誕生日が、それぞれ二つある。それは、親が中告したものと、戸籍が改竄《かいざん》したものとである。変えられた時期は違っていて、「名前」は樺太の真岡中学から青森中学へ転校したあたり、隆三から隆次へ。「誕生日」の六月一八日は、東京大学を卒業するまでで、それ以降は六月一九日と戸籍の記載が変わったのである。

名前の方はすぐ見当がつく。私の生まれた樺太の蘭泊村で、両親は隣に住んでいた大坪村長と親しくしていたので、生まれた子の名はすべて村長につけてもらっていた。男だけを挙げると、保彦、登代次（次男）、隆三（三男）、雅士（四男）、徹也である。私は辰年の昭和三年生まれで三男だから隆三なので、浅虫が青森市に編入される前、久栗坂にあった東津軽郡野内村の役場で、転記するとき兄の登代次の〝次〟を頂いちゃったとしか考えようがない。当時、戸籍を請求すると筆写して渡してくれたのを覚えている。

昨年、末妹の修子さんが亡くなり、きょうだいが遺産を相続することになった。いろいろ戸籍を取り寄せることになったので、改めて調べてみた。私の誕生日は、生まれて以来の六月一八日が、結婚で「新戸籍編製につき徐籍」とあるのから一九日に変わり、最新の「全部事項証明」も一九日になっている。なぜなのか。

転校手続きでわかった珍事だが、こんなことは一般にも多く起こっているのだろうか。つまり、私が生まれときつけられた隆三という名は、戸籍管理のミスにより、中学三年生より隆次になった。また、誕生日は生まれたときの一八日が、大学卒業まで続き、結婚からか一日遅れの一九日に変えられたのだ。このことは成績証明書や卒業証書などでも確認した。私は親に相談することもなしに、これを黙認する道を選んだが、抗議してこうした事故の再発を防ぐ努力を促すべきだったかもしれない。

ただ、定年になってからだが、「隆三」をペンネームに復活させ、出来るだけ使うようにしている。この読みが「リュウザ」なのは、13節の「ミステリが好きな編集者」で触れている。江戸川乱歩から「きみはSF作家の祖、海野十三（じゅうざ）に似ているね」といわれたのに、あやかったのである。

11 学科を越えた五人の友情

一九五〇（昭和二五）年四月、東京大学に入学して、すぐ五人の友人ができた。同じ教育学部でも、学科は必ずしも同じではない。斎藤友彦氏は教育学科、佐藤幹昭氏と三須正夫氏の二人は教育行政学科、渡辺亮氏と山口富造氏と私の三人は社会教育科である。山口、三須、斎藤の三人は、旧制水戸高等学校の出身である。山口氏はあまり群れないので、次の節で紹介するが、斎藤、三須、佐藤、渡辺、三國の5人は、よく集まって喋《ダベ》ったり、たまに旅行したりした。

宿泊を伴う旅行をしたのは、大学の初学年の頃で、最初の旅は西武秩父線で、首都圏のハイキングコースになっている埼玉県西部の三峰山と秩父湖へ向かった。初秋の晴れた日、三峰口駅から、秩父山地の北から妙法ヶ岳、白岩山、雲取山を望む。この三山からなる三峰山の眺望は素晴らしく、心を洗ってくれる。ここの大滝村で、日本武尊《たけるのみこと》が東征の際にイザナギノカミ、イザナミノカミを祀ったと伝えられる三峰神社を参拝する。宿で風呂に一緒に入り、夕食にビールで乾杯し、親交を深めたのである。

つぎは、伊豆半島西岸の戸田村《へだ》へ行った。人口五千人ぐらいの漁村だが、天然の良港で、カツオ、マグロの遠洋漁業が盛んだという。私は海が好きなので珍しく高揚してはしゃいだ。

特に印象に残っているのは、夕食後、夏のすずみに舟を一艘借り切って、御《お》浜《はま》岬へ漕ぎだしたとき、海中に見た光景である。確か福永武彦の小説にあったと思うが、海ボタルか何か知らないが、ロマンチックにきらめく光が波に揺れて、なんとも幻想的だった。

三度目は、卒業してからのことだが、久振りに集まって温泉へでも行こうという話になった。珍しく渡辺氏が幹事を申し出て、勤めている会社の熱海の療養所に行くことに決まった。新幹線に5人が落ち合って楽しい旅が始まった。さすが少し年をとって、様子が変わった。アンマを頼む者がいれば、育児の話をする者もいる。私が驚いたのは、部屋付きの風呂が結構大きかったこともあるが、その湯が一晩中、流れ放しなのである。「さすか熱海」と豊富な泉量に感心しながら、何回も入っている。

さて、五人の学友を、亡くなった順に紹介することとしよう。まず、斎藤氏

伊豆への旅で（左より三國、佐藤幹昭、斎藤友彦、後ろ・三須正夫）

は人柄が穏やか、物知りなのでいろんな相談に乗ってもらえた。教職に就いた先が京成線だった関係で、一九六八（昭和四三）年にテレビドラマからスタートし、人気が出てきた映画「男はつらいよ」の舞台、葛飾柴又で見学と食事をする会を企画してくれたことを思い出す。

入試試験のとき、三須と三國はどちらも頭文字が〝ミ〟なので、席が隣だった。三須はこっちの答案用紙をちらりとのぞくふりをしたり、

私の油彩個展会場で　左より吉井寿彦氏（社の大先輩）、学友の渡辺亮君、編集者・歌人の布宮みつこさん

そちらもどうぞと近づけようとしたりしては、ニヤッと笑みを交わしたのが付き合いの始まりで、遠慮がない関係だった。
電通に就職したが、東大剣道部に卒業後も通っていた。場の空気を読めないところがあって、それが笑いを誘い、ある意味ではグループの人気者であった。私はよくたしなめたのに、コーヒーに砂糖をたくさん入れる癖が祟《たた》ったのか急死した。一面几帳面なところもあり、それを受け継いだのか、ご子息が後日、三須の奥さん、つまり母堂が亡くなったときと、自分が金沢に転勤したとき、手紙で知らせてくれた。三須に贈った私の著作を読んでくれたらしく、親友だった私に父親への想いを重ねていたのかもしれない。

大學教授の息子の佐藤は成蹊高校卒で頭がよく、気配りはなかなかのもの。グループの中心でいつも引っ張り役。賑やかなことが好きで、自分の高校時代の友人も呼んで紹介してくれた。やり手だった都の小尾乕夫《とらお》東京都教育長の息子とは成蹊高校以来の親友で、私に教育長の娘の家庭教師役を紹介してくれた。彼は小尾氏関係の小学校の教師をして教育論を書いたかと思うと、会社を起こして成功するなど、多彩な才能を見せた。「幼児のとき、戦時だったので、東京でろくな物を食べなかった。栄養失調で育った俺が、一番早く死ぬ」とよく言っていたのを思い出す。私が本を描いたり、絵を描いたりし出した頃は他界していたので、彼の感想が聞けないのが残念である。

渡辺氏は私と同じく、口数が少なく、自分のことはあまり話さないので、親しかった割に身辺のことは知らない。夫妻とも高知の出身で、二人で私の個展を見に来てくれたが、きれいな奥さんだった。私は彼の郷里の「足摺岬」を何枚か描いたが、有楽町で開いたセブンスリー画会の展覧会に出した初期の絵を求めてくれた。頭脳明晰な彼は、会社勤めから大学に移り、国際大学教授になったことは知っているが、その後、年賀状が絶えたままである。

12　「富造さん　さようなら」

二〇一〇（平成二二）年一一月二七日、同じ学科で、学生時代桶屋をしていた実家へ招かれたこともある山口富造氏が死去。前日にも自転車で悠々としていたが、翌早朝、自宅で倒れたという。群馬大学名誉教授の彼は、私の社友で学部の後輩でもある市原徳郎氏と近隣同士で、その市原氏を通じて「妻も樺太の豊原（現ユジノ・サハリンクス）育ちだから、久しぶりに遊びに来ないか」と誘われていただけに、心残りだった。

学友山口富造君と　私の個展会場で

山口氏は、高等学校が前述の五人組の斎藤や三須と同じ旧制水戸高校だが、あとはまるで違う。彼は渡辺氏を除けば、前節で紹介した私の大学からの友人の中で最も学究的な道を歩んでいる。東京工業大学、創価大学などを経て一九七五（昭和五〇）年から群馬大学に勤務。

戦後社会教育の祖の一人永杉喜輔先生を補佐するとともに、自身も社会教育主事講習の主任教授として、たくさんの人物を育てている。一九九三(平成五)年、同大学教育学部教授を定年退職。この間、群大付属養護学校校長、日本社会教育学会理事、埼玉大学、神奈川大学、群馬県立女子大学の講師を務めている。まことにわが出身学科のお手本ともいえる足跡を残している。

当初みんなでお別れ会をする予定だったが、東日本大震災が発生して急遽、メッセージ集の『富造さん　さようなら』という冊子の発行に切り替わる。内容は、活字にしない手書きの語りかけが多いのも親しめるし、故人が好んだ文庫本「シラノ・ド・ベルジュラック」の表紙から、海軍兵学校時代の同期生のお便りあり、初代団長をやった地元の男声合唱団の写真ありと、まことに多彩である。

これを手にして、記念文集の編者のアイデアと気転に感心すると同時に、知らないことがあまりに多いのに驚かされた。と同時に、教え子はもとより、いかに多くの人に慕われていたかに羨望を感じたのである。

大学での一年後輩で東京工業大学の名誉教授千野陽一先生の寄稿文から、ほんの一部だが引用させていただく。

昭和二九年の頃だったと思う。恩師・宮原誠一先生に連れられて山口さんと私の二人が、信州・佐久の社会教育を学びに行ったのだが、そこで山口さんが先生に指名されて「どじょっこ　ふなっこ」という東北地方の民謡を地域婦人会に歌唱指導されたのである。解説を交えたその颯爽とした指導と、楽しそうだった婦人会の方々の姿が今でも鮮やかに脳

東京大学山上会議所前の山口富造君

裏に浮かんでくる。晩年に市民合唱団で活躍された山口さんの素地がもうここにあったのかと、今になって納得がいく。

さて、記念文集に私が寄稿した見開きでは、京橋でやった油絵の個展に来てくれた彼と渡辺亮と私の記念写真を載せ、小文をつけている。その中に「……その後、お互いどんな余生を送っていたかは、著書を交換し、新聞の切り抜きつきのお便りをよくいただいたので承知しております……」とあるが、知らないも同然だったのが悔やまれてならない。

第四章　編集者としての36年

『中国の旅』の企画紹介で「朝日新聞」“ひと”欄に載った写真。朝日新聞社提供

13 ミステリが好きな編集者

私は出版社が希望だったので、一九五三（昭和二八）年、講談社の試験を受けて、大学卒４人の一人として入社した。大学ではよく勉強したので成績はよかったが、念を入れて学部長の海後宗臣先生と、東京都教育長の小尾乕夫氏の推薦をもらった。スタートは教科書局で、牛山正雄部長のもと、後に童話作家になる高橋健などを助手に、絵本のような小学一年生の国語教科書の準備の仕事をした。

一九五六（昭和三一）年、小学生の学年別雑誌を創刊することになって、「た

東大教育学部長の海後宗臣先生を囲む会（東大の山上会議所で　中央・海後先生、右より二番目・三國）

のしい一年生」の編集部に抜擢されたが、編集長の山本康雄氏は青森中学の先輩であった。私はファンだった長谷川町子の「わかめちゃんとかつおくん」を担当し、今は美術館になっている桜新町のお宅に三年余通っている。三人姉妹で、お姉さんの鞠子さんと接触することが多かったが、町子さんの今なお褪せない稀有の才能を生んだ家庭に接触できたことを誇りに思っている。

やがて、「たのしい二年生」が発刊されると、江戸川乱歩の「ふしぎな人」

の連載も担当した。私はミステリ好きで乱歩の小説はもちろん、『幻影城』などの評論も熟読していたので、わくわくしながら編集長と一緒に、立教大学前のお宅を訪れた。ご快諾いただいた後、雑談に入ると、乱歩から「君は海野十三（じゅうざ）に似ているね」といわれ、すごく嬉しかったので、乱歩さんの好きなトリックの話などで話が弾むことになった。後で編集長に脱線したことを詫びる始末である。「少年倶楽部」の明智小五郎探偵や小林少年は有名だが、連載した「ふしぎな人」は幼児もので少ない字数ながら、さすが読ませるのに感心した。その後、前にも触れたが、私はこのご縁の記念に、自分の旧名で雅号の隆三の読みを「りゅうざ」にしている。

一九六一（昭和三六）年、一一月一日、私は佐藤邦子と学士会館で結婚式を上げた。仲人は教育学部長の海後宗臣先生で、披露宴には野間省一社長も臨席してくださった。学友佐藤幹昭氏の司会は才気とユーモアがあり、好評であった。当方の挨拶は、みんな口下手なので、義妹の兄で日銀に勤めていた石田氏にお願いした。

「たのしい四年生」の編集長になって、トキワ荘通いは何度もしたが、学習誌向きの藤子不二雄には連載を絶やさずにお願いした。また、「鉄人28号」で人気の横山光輝を連載し、初めて泊まり込みを経験する。その後、「少年マガジン」に内緒で担当の新井善久氏とともに、ちばてつやをわが家に缶詰にして、読切り「魚屋チャンピオン」を描いてもらったこともある。

読み物では、ミステリ作家を多く起用し、少し長い読み切りを巻末に乗せた。佐野洋から頂いた作品の結末が、ちょっと淋しかったので、やってはいけないことだが、佐野さんとは同年齢なので、校正しながらつい気安さから手を入れ、ハッピーエンドにした。掲載誌を見た佐野さんから早速電話があり、「私はね、体言止めは使わないよ」というだけでオトガメナシなので、ホッとしたものである。また、担当者が発掘してきた表紙のモデル、あおい輝彦くんを少年記者、私があつかましくも編集長役で写真物語「トップ記者」を連載したこともある。

この「トップ記者」のことは、私が一九九九（平成一一）年に出した『鮎川哲也の論理』（展望社）の中で触れている。私は、本格推理の巨匠鮎川に原稿を依頼に行って、鎌倉海岸を案内してもらった思い出がある。

「事件は急行列車に乗って」というエッセイを戴いたが、後日、それを社の鮎川担当者を通して私の本の巻末に再録する許可を得たので、カバーに使う肖像画も自分で描いている。今手にするといかにもファンが造った本になっていて面映ゆい。講談社の江戸川乱歩賞にしろ、東京創元社の鮎川哲也賞にしろ、両巨匠が望んでいた優れた推理作家の新人を輩出させているのは、喜ばしきかぎりである。

一九六三（昭和三八）年、学習雑誌が休刊になって、学習図書第二出版部長に転出した。さっそく三年前から進めていたという『学習総合大百科事典』（全1巻）の校了に立ち合った。

当時は百科ブームで、総合出版社を目指し次々と布石を打っていた野間省一社長は、私が足沢局長と社長室に同行した折、「本格的な百科をやってみないか」と局長に話しかけ、私も意見を求められた。これがきっかけで、私の部署でその素案を研究することになり、その企画会議を何度か開いている。

しかし、やがて私は憧れの部署だった児童図書出版部に異動になる。

児童図書で私は「ＳＦ選集」を引き継ぎ、「ノンフィクション選集」を新規に起こし、多くの作家とのお付き合いすることになる。特に翻訳家で作家の福島正実は同じ樺太生まれであり、気が合って渋谷でよく飲んだ。自宅にも招かれ、著作が並ぶケースを見せられ、作家志望の心が刺激されている。また、私は安野光雅に「世界の名作図書館」の装丁を依頼し、全52巻の基本装丁なので営業の注文が多く、それをさばききれず何度も装丁案のヤリナオシをお願いした苦い記憶がある。後年、著名人になった安野に春山行夫『花の文化史』（全1巻）の装丁を電話でお願いしたら、体《てい》よく断られた。代わって市川英夫に頼んだら、その年のブックデザイン賞に決まって、私は出版協会の一室で初めてぎこちなく賞状を受けとった。

14 知の大航海時代の海を渡る「船」を編《あ》む

辞典といえば、岩波書店の広辞苑を思い出す人が多いだろう。二〇一七年に第七版が出て話題になった。その五年前の一二年に本屋大賞を受賞した三浦しをん著『舟を編《あ》む』（光文社）は、これまでほとんど取り上げられなかったこうした辞典・字典を編纂する仕事をテーマにした異色の本で、映画化もされた。

　三浦氏は辞書づくりを、「海を渡るにふさわしい舟を編む」仕事と称し、「ひとは辞書という舟に乗り、暗い海面に浮かびあがる小さな光を集める。もっともふさわしい言葉で、正確に、思いをだれかにとどけるために。もし辞書がなかったら、俺たちは茫漠とした大海原をまえにたたずむほかないだろう」と書いている。

　現代社会という大海を渡るには、〝言葉〟の舟ばかりではない。〝情報や事物〟の船も必要である。それは百科事典（エンサイクロペディア）で、〝情報革命〟が進むにつれ、大きな役割を果たしてきた。

人々がいわば〝知の大航海時代〟ともいえる今を生きるため、明日を拓くため、また、自らの知的関心を拡大するために知恵袋になる「船を編む」仕事――これに私は15年ほど携ってきたので、大まかに振り返ってみよう。

一九六六（昭和四一）年にさかのぼる。本格百科を目指し、事典編纂局百科事典出版部が新設され、私にも編纂主任の誘いがあった。この編集の大変さを知っていたから躊躇《ためら》ったが、先輩で友人の藤田実氏が編集長と聞き、百科では後発だが、彼ならそれを逆手にとって、きっと特色のあるものを編み出せる。よし、苦楽を共にしてみようと決心した。

まず、編纂主任は新職場である茗荷谷分室に集められ、一週間ほど藤田氏の人脈で百科事典の老舗、平凡社「大百科事典」（全28巻）の初代編集長笠井章弘から、事典作りの心得やノウハウをレクチュアされた。その間、編纂主任それぞれに担当分野の内示があった。学問の分類のほか、生活、スポーツ、娯楽を含めた各分野のなかから、私にふり当てられたのは社会科学全般で、私は多くの分類がある中で社会学くらいしか関心がなかったので反対したが、説得された。

すでに、この企画のため採用した出版研究所社員を率いて、膨大な項目を収集、整理する作業が始まっていた。社会科学の主軸となる法律や政治、社会学は東大、経済・経営は一橋大の先生が多いが、専門ごとに編集委員を選定し、会議を重ねて項目選定をし、執筆者も選定してもらうのだが、私は後に編纂主任を継いでくれる纐纈昭八氏と多くの会議をこなしてゆく。

藤田氏は初のコンピュータによるページ管理を考えていて、独創的な「ユニットシステム」を提案し、早速、執筆依頼から、本文の長さや図版の分量を、5行の整数倍にすることが徹底された。

さらに、これまでの応接間に飾る家具のような百科事典でなく、どこにでも気軽に置き、持ち運んで縦横無尽に使いこなせる事典を目指して、３分冊にすることが決まる。原稿整理が軌道にのると、藤田編集長は、自ら図版を担当すると言いだし、私には写真を統括するように命じた。彼は理科系出身だが、当時注目されていた米国流経営科学にも人脈があるなど、付き合いが広かった。その人脈を生かして、自ら選んだ外部のスタッフと「図版班」を作った。この班では百科のためにカラー図版の統一性を追求し、印刷所にも研究を依頼して、すべての図版の色調を調和のとれたものにしてもらった。こうして仕上がったレイアウトを見て、桑原武夫や梅棹忠夫が類書にはない整然とした美しさを絶賛した。記事の書き出しと締めくくりと、図版の上下のラインがピタリとそろうのだ。後日、この辞典のデザインによって勝井三雄は、一九七二（昭和四七）年にチェコスロバキアで行われたブルノ・ブックデザイン・ビェンナーレ展で金賞を受賞する。

編集作業が進むにつれていろいろな問題が浮上するので、彼は円形脱毛ができたとよく私にボヤいた。しかし、厄介な図版作成へ彼が熱中したことは、息抜きの面があったようで、脱毛がいつの間にかなおっていた。

いよいよ、大量の情報をレイアウトする作業が始まると、専門スタッフがいるとはいえ、並大抵ではないが、「ユニットシステム」のおかげで、項目がいつどのように変動しても、ページの管理がすぐにできるようになった。とうとう全体の進行係まで引き受けることになった私は、編纂主任9名の協力を得るしかなかった。彼らはみな各専門分野をしっかり把握・連絡し合ったので、3冊本の本格百科『現代世界百科大事典』は、一九七一（昭和四六）年一〇月、予定通り販売を始めることができた。

前掲の『舟を編む』の帯に本屋さんの言葉が載っている。「辞書完成の瞬間は思わず私も涙してしまいました」とあるが、長く地味な仕事をやり遂げたときの喜びはひとしおである。ただ今回は、期待を寄せてくれていた社長が、病気で入院されたと知らされていたので、はしゃぐ気にはなれない。それに、完結すると同時に、私は本社の学芸局へと転出することが決まった。

ところが、この六年余かけてみんなで作り上げた財産は、大型企画の月販会社ブッククローンと提携し、「ユニットシステム」の特徴に助けられて、驚くべき短期間に全16巻の『グランドナポレオン』に構成し直し、一九七二（昭和四七）年、驚嘆の42万セットも売るのだ。

一九八一（昭和五六）年、野間惟道氏が第五代社長に就任。翌五七年、私はほぼ十年ぶりに事典局次長としてカムバックし、大塚分室に移った。ここで進められていた3冊本をより使いやすくした1冊本『大事典ｄｅｓｋ』を主導したところ、これもベストセラーになった。このように、わずかの期間で大百科が大きな利益を生みだしたことになったことは稀で、関係者としては歓びに堪えない。

1冊本企画は、『大事典ｄｅｓｋ』の成功に促されて4、5冊、続く。そのうち私が手がけたのは二つ、一つは一九八四(昭和五九)年の『大図典ｖｉｅｗ』で、イラストや写真の百科ともいうべきもの。二つは一九八六（昭和六一）年の『ＴＨＥ日本』である。なかでも前者は海外から翻訳の話もあって気をよくしていた。

小松左京のオフィスでの編集会議　『大図典ｖｉｅｗ』の巻頭特集「vision now　21 世紀大図鑑」の監修者小松左京（左）と対談する三國（右中）

ところが、某社の巻数本大百科編集部から電話で、図版に版権侵害の疑いあるから来てほしいという。出向いて資料を示すと、顔色を変え、「どうかお引き取りを」と低姿勢になる。『大図典』をマークしてくれたのはうれしいが、「ご足労をかけ、「ごめん」も言えぬとは、同業者として情けなく、怒る気にもなれなかった。

世はやがて、ご承知のように、より手軽で多機能な、双方向の情報伝達も出来るスマートフォンなどの検索ソフトが広く普及するようになる。あの無礼な編集者は、自分たちの重厚長大な百科の伸び悩みに困惑していたのだろうが、それにしても、情報通信革命のスピードが何と速かったことか。

近年、ある研究がSNSの発達に伴い、紙媒体の活字を読む機会は年々減ったが、文字に触れ、使う時間は年々増えていると報じた。若者の文字消費量は有史以来最高のレベルにあるというが、本はライバルのスマホに大きく差をつけられてしまった。二〇一七（平成二九）年の出版の販売額でいえば、紙の出版物の推定販売金額は1兆3701億円で、前年比6・9％減。電子出版市場は2215億円で、前年比16％増。紙と電子の合計は1兆5916億円で、前年比4・2％減だった（『朝日新聞』）。

これを挽回するには、出版界は教育現場に働きかけて、幼児の読書が「人生の『根っこ』と想像の『翼』と『痛みを伴う愛』を育む」（皇后美智子さま『橋をかける』文春文庫）ことに着目させ、もっと紙の本に親しみ、喜びを引き出す方途を探るべきだろう。

たとえば、谷口忠大立命館大教授が発案した書評を競う「ビブリオバトル」が、教育現場で広まっている。これは好きな本を選び、人前で5分で紹介する。どれが一番読みたいか投票して「チャンプ本」を決める、という書評ゲームである。これをソロモン諸島で広めた益井博文さんは、島々を渡り、2年間で102回開催、延べ3000人が参加したという（「ひと　益井博文さん」『朝日新聞』）。

本は「人生の全てが、決して単純でないことを教えてくれ」る最適の媒体なのだ（前出『橋をかける』鶴田清一「折々のことば」）。なお、この節で文字文化の一頂典である百科事典編纂のノウハウを披露したのも、その一助になればと願ってのことである。

15　海外取材の想い出

私は高校ではドイツ語専攻の文乙だったので、英語や英会話が苦手で、海外旅行はあまりしていない。それでも在職中はいくつかの国を回っている。百科事典編纂部のときは、海外学者に特別寄稿を依頼に、米独仏伊などへ初の海外出張をした。担当役員の発案で、海外のノーベル賞クラスの各専門家に権威づけに執筆してもらうためで、15ヶ国の56人から受諾の返事は頂いて

スミソニアン博物館を訪れたワシントンで

いた。その中から私が何人かを選んで、挨拶して回るというもので、当時進行係で忙しかった私を労わる意味合いがくみ取られた。

ところが、私にとっては緊張の連続だった。相手と対等に話の出来る東大教授クラスで、しかも現地で落ち合うことができる人を探して通訳を頼み、事前打ち合わせをして、何とか任を果たした。当時、就航したばかりのジャンボ機で帰国すると、野間社長から「ジャンボに乗ったのは、会社では君が最初だね。乗り心地は」

中国人民美術出版社の人たちとの会食（講談社側で左より加藤勝久役員、唐澤明義、岡崎憲行、三國）

と言葉をかけられたのを覚えている。

学芸局に移って、ここは大型企画の部なので、三つほど新しい企画を立てた。まず、部員がほぼ総出で写真部やカメラマンの熊切圭介と組んで海外取材する『世界の博物館』（全22巻＋別巻1）を具体化するため、私はワシントンのスミソニアン博物館やニューヨークの自然史博物館、パリのルーブル美術館などを視察し、一九七七（昭和五二）年から刊行を始めた。

不慣れな海外での取材だけに、各巻

の担当者はそれぞれ苦労と楽しさを経験したことだろうが、私は一切を任せることにし、写真が現像されてくるのを待って一緒になって編集を進めた。

次に、初めての日中共同取材による『中国の旅』（全5巻）は、全社的なバックアップのもと、私は来日した中国の人たちへの説明や接待に追われた。撮影班が組まれ、鳴り物入りで現地入りし、中国班と特写に入った。それらは①「北京とその周辺」、②「天津と華北・東北」、③「敦煌と西北・西南」、④「上海と華東」、⑤「桂林と華中・華南」にまとめられ、カラーを中心に編集された。

万里の長城へ向かう途中で（田沢雄三局長と）

私も人民美術出版社との打ち合わせに北京を訪れ、故宮博物館はもとより、万里の長城へも足を伸ばしている。そのとき買った長城の織布は、額装して今も飾っている。

一九七九（昭和五四）年一〇月から刊行されると、早速、編集部を代表して朝日新聞の〝ひと〟欄に取り上げられた。朝日のカメラマンが撮った私の肖像が気に入っている。翌五五年には『日本の博物館』（全13巻）もスタートした。両博物館全集の杉浦康平さんの函入り装丁は素晴らしく、今でも、わが家の応接の本箱に並べられている。

16　ピースものにまつわる〝縁〟

つい最近、二〇一八（平成三〇）年五月、朝日の朝刊広告で、『地図の歴史』（織田武雄著）が講談社学術文庫に入ったことを知った。一九七三（昭和四八）年二月二五日に発刊されたこの本は、私が初めて手掛けた単行本《ピースもの》（四六判、厚表紙）で、学術文庫入りは嬉しく懐かしかった。「まえがき」に私の名前が出ていたから、編集部から知らせてもらいたかった。文庫ではどんな風にまとめられているか、一度本屋で見てみようと思っていた。

当時、百科もそうだが、私は大型企画を担当することがつづき、その中で初めてピース物を手がけるチャンスをつかんだが、息抜きどころか、夢中になって手をかけた本である。そのため、著者の織田先生とは打ち合わせをかなり重ねたし、親しく祇園など京都の名所も案内してもらった思い出がある。

この企画は当時、宮地圭一氏らが進めていた豪華本『日本古地図大成』の先生方との接触の中から、部長だった私に織田先生が声をかけてくれたものである。京都大学人文地理学教室を主宰されてきた先生が、退官の記念にひそかにまとめていたもので、類書がなく学術的な価値が高いものだったので、会社の企画会議をすぐ通し、カラー口絵や本文にも各種の地図などの図版を202点ほど入れるなど、私は念願のピース物だけに、楽しみながら、かなり地道にまとめている。年表や索引までつけている。

先生の凝りようも大変なもので、原稿の一部書き換えは何度もあり、同じところが何度もということもあって、普通だったら諦めてもらうのを、私は学術書のモデルになるような本を作ろうと、納得いくまで手を入れてもらった。当時、「小説を凌ぐ面白さ！　楽しい通史！　歴史・地理教育の好資料！」など、朝日、毎日、読売の朝刊はもとより、図書新聞、日本経済新聞、サンデー毎日など各紙こぞって推奨してくれた。

駅前に出て書店でさがすと、文庫本『地図の歴史』は講談社学術文庫の棚にすぐ見つかった。カラー口絵はないが、本文は図版が多く、四六判を踏襲していた。ところがである。「はじめに」を読んで驚いた。「この本は、『講談社現代新書』として、一九七四（昭和四九）年一〇月に刊行された『地図の歴史世界編』と同年一一月に刊行された『地図の歴史日本編』を合本したものです」とあるではないか。その際『日本編』は、二分の一近くも加筆して、資料も補ったとある。

『日本古地図大成』が出版されたのは同じ一九七四（昭和四九）年六月だから、その成果を取り入れたと推測されるが、それにしても四六判からわずか一年八カ月後に新書判とは、ちょっと早すぎるのではないか。当時私は、本業の全集企画が動き出して忙しかったとはいえ、「講談社現代新書」は同じ部屋にいた部署である。元本の担当者に挨拶がなかったというのも不思議である。

それにしても、私が最初に手がけた四六判が、二分冊の新書を経て、一冊の文庫本に版型を変えて読まれているということは嬉しい。今度のことは、私自身、本屋に気軽に立ち寄らなくなった証でもあり、汗顔の至りでもある。
さて前に戻って、四六判『地図の歴史』がヒットしたので、当時、同種の企画を相談しに、『日本古地図大成』の編集委員の先生方を回っている。その一人室賀信夫京大名誉教授とは、いろいろなお話をうかがう中で、世界地図には女だけが住んでいる女子ヶ島が結構あると言う話になって、私は面白くなりそうだからまとめてほしいとお願いしたことがある
確約がもらえないまま年の瀬を迎えたある日、室賀先生から大判の円形の古地図入りカレンダー数枚が贈られてきた。私は月並な御礼を書いて、人にさし上げたり壁の装飾にしたりしたが、一枚だけは津軽塗のテーブルの上に敷いて残していた。
最近、その円形古地図をつくづく見ていたら、左上に凝った飾り枠と字体で「R. MIKUNI TOKYO JAPAN」と入っているではないか。

先生がSANYOというところに私の名入りで刷らせたものだったのである。先生の存命中に気付けなかったことに、地団駄踏んで悔しがったのである。

私は本命の考古学の『古代史発掘』（全10巻）の企画を進めながら、『地図の歴史』の姉妹書を数冊手がけた。大阪大学の矢守一彦先生の代表作の一つになった『都市図の歴史』は好評で、ほかに何冊か書いてもらった。その中の一つに、一箇所、編集部のミスで数字の誤植があったのが、先生を悩ますことになった。先生は電話で「誤植はよくあることだから」と了解してくれたのだが、出版社にではなく著者にネチネチ電話してくるという。前から因縁があった人らしく、「それ見たことかと、煩《うるさ》くて、たまらないよ」と電話では笑っているが、推移を見守るだけの私は情けなかった。

もうひとつ、朝日新聞社が主催するゼミナールを、軽装の四六判に収録して出すと、テーマが現代的なので好評である。こうした企画も私は好きなので、外部編集者の布宮みつこさんの協力を得て、シリーズにしたいと考えていた。何冊か揃ったので、ゼミナール当日は、主宰する加藤忠夫部長の了解を得て、会場前にひろげて私は布宮さんと販売までした。

そのほかにも彼女の協力を得て、四六判を進めていたが、大型企画を担当する部署なので、局長から注意された。しかし、このゼミナール選書だけは、ゼミナールが終わるまで続けたのである。

私は定年後、『ある塾教育』を刊行して、朝日の加藤部長は私が敗戦直前入った拓南塾の一期生で、先輩だったことが分かった。著書などを交換し合い、「もっと早く同窓と分かっていたら」と悔やんだものである。

なお、布宮さんは私の妻と同じ山形県出身で、ご主人は一度だけお会いしたことがあるが、私と同じ隆三という名だった。その後も仕事をお願いしたが、定年後、私の個展にお誘いしたら、油絵をやっていることに驚いて、一枚富士の絵を求めて下さった。私も彼女の2冊目の歌集『紅』を贈られて初めて知ったことだが、彼女が短歌の結城哀草果氏に師事し、平成五年、季刊同人誌「展望」を創刊、主宰しているのである。

『紅』に宗教学者山折哲雄氏が書いているように、彼女は静かな物腰だが、その口調に有無を言わせぬ響きがあって、学術文庫でも重宝されて長く活躍していた。亡くなられていなければ、二人で『地図の歴史』や「ゼミナール選書」のことを話題に、コーヒーでも飲みたかったなあと思うのである。

第五章　趣味と交友の愉しさ

マイクを持って歌い始める三國

17　同期会から同郷会へ

郷里が異国になっていると、懐かしさも募るものである。東京で開かれるようになった東京真岡中学同窓会に、私も出るようになった。一九九五（平成七）年四月の会では、小学五年と六年の担任の本山先生と山本先生にも会えた。山本寛太先生は、短歌の道を極め、「青垣」や「水門」の選者などで活躍されており、先生の歌集『真菰』をいただき、交際を再開させていた（第一章2節の写真参照）。

参加者は上級生が圧倒的に多いが、私が二年までいたクラスの懐かしい顔

第 17 回樺太蘭泊小学校同期会（前列左二番目松山勝秀、三國、会長の中矢喜次郎、後列左は松山ミサ。平成 14 年 5 月、グリーンビュー立山）

も十人ほどおり、引揚者が多かった北海道からも参加していて話がいつも弾んだ。

それから電話があって、函館で蘭泊小学校の同期会があるからと誘われた。これまで赤白2クラスあった同期生だけの集まりが、北海道や東北で持ち回って開かれていたが、東京にいた私には連絡が取れなかったらしい。もちろん私は出席すると、私に全甲をくれた本山武雄先生にまたお会いできた。先生は以降、お亡くなりになるまでこの同期会にお付き合いくださるのである。

また、松原昭三氏は蘭泊村について記憶

の確かなことを証明して私を驚かせた。健康優良児だった山田亨氏は、前年の一九九四（平成六）年四月、湯の川温泉の啄木亭に初めて一回だけ出席してみんなを驚かせたが、その後出てこないので、私はすれ違いで中学以来会っていない。しかし、前にも触れたが、年賀は交換している。

私が加わってからの会では、①一九九六（平成八）年四月、秋田市の沢田石有一氏が幹事をした男鹿半島めぐり、②一九九九（平成一一）年五月、私と鎌倉の松山勝英氏が幹事をした江の島での会、③二〇〇一（平成一三）年六月、北海道の紋別での会、④二〇〇二（平成一四）年五月、富山の松山ミサさんが幹事の会が忘れられない。②では、江の島岩本楼に宿泊したが、鎌倉の大仏や江の電しか見せ場がつくれなかった。しかし、④富山の会では、幹事を助けて、また私と松山氏が補助役になって現地調査をし、雪の大谷やトロッコ列車体験を繰り入れている。

真岡中学の同級生（前列左は傅卓男、三番目が吉川辰夫、後列左は三國）

ハイライトは③で、かつて漁業組合の会長だった中矢喜次郎会長の紋別での会であろう。何時も会長より毛ガニがふるまわれるが、今度は何せ地元である。山ほどテーブルに積まれたうえ、翌朝、オホーツク海に自分の幸盛丸を出港させるからと、同乗者を募った。海の好きなメンバーが五人ほど、早起きして夢のような体験をする。もちろん私もその一人、潮風を満喫しながら、写真を撮りまくった。オホーツクの海も黝《くろ》ずんだ青色だったが、心なしか間宮海峡の青よりは明る

美幌峠にて　右より前列は中田清美さん、一人置いて三國

かった。

なお、翌日からは津別町の中田清美さんの車で、六人ほどが東部北海道の自然を楽しんだ。まず、美幌峠、川湯（硫黄山）、摩周湖、そして阿寒湖で宿泊。最終日は津別峠からの展望を楽しみ、女満別空港から帰京した。

油絵をやっていた私は、帰るやいなや夢中になって、二〇号を三枚も描き上げ、中矢会長へ荷造りして送ったところ、どっさり毛ガニが贈られてきた。葉書に、「女房は花の絵の方がいいといっている」とある。（なるほど）と思い、見慣れている船や港の大きな絵三枚も送られて、さぞ迷惑だったろうと気がついたが、私には静物でさしあげられる絵はない。

二〇〇六（平成一八）年五月二三〜二八日、この同期会も二四年続き、みんな高齢になったので最後の旅行にしようと、青森市在住の当番幹事伊藤チエさんが計画を立て、十和田湖町、三沢市小牧温泉を二泊三日かけて巡った。ところが、日数が経つにつれ、やっぱりまた幼馴染が恋しくなり、翌年、有志で会長の中矢氏が住む紋別で、もう一度最後のクラス会をやろうという声がわき上がった。一七、八人ほどが集まり、毛ガニも積まれたが、しみじみと回顧し別れを惜

出港　紋別港（F20）

青森蘭泊会の有志が縄文期最大級の集落跡「三内丸山遺跡」を見学（左端が格谷武、その右松山ミサ、右二番目三國、三番目花崎敏子先生）

しむ会となった。

私は少し前から、かつて母や妹が出席したことがある「青森蘭泊会」にも出るようになっていた。伊藤チエさんが後に会長になるこの会の会場は、三國家の先祖の墓がある浅虫に定着したので、ついでと言ってはご先祖様に叱られるが、毎年出席して墓参りも欠かさなかった。やがて、津軽海峡をはさんで湯の川温泉で開かれる「函館蘭泊会」にも顔を出すようになる。

二〇〇五（平成一七）年一〇月二三日、

RAB青森放送局が「そういえば校歌」というテレビ番組で、27回目の青森蘭泊会を取り上げてくれた。かつて樺太の蘭泊村に住んでいた同郷の仲間が、年に一度集まって懇親を交わす様子を紹介し、最後に参加者みんなで懐かしい蘭泊小学校の校歌を「香りゆかし鈴蘭の……」と荘厳ともいえる響きで合唱した。

東北の熱海として発展してきた浅虫は、その昔、平安時代の僧、円仁や法然が発見したという伝説が残り、その地名は「麻蒸」が転じたものとされる。浅虫はまた、青森市生まれの版画家棟方志功ゆかりの地でもある。宿屋「つばき」では、ここを定宿にしていた棟方の絵がたくさん見られる。

さらに、二〇〇〇（平成一二）年に浅虫温泉観光協会主催で開催された「彫刻シンポジウム」で、青森県東北町出身の向井勝實《かつみ》さんをはじめ、県内外から集まった六人の彫刻家が、浅虫温泉に宿泊して制作した26点の彫刻作品が、

女性裸像「のぞみ」（淵深芳郎・作）
宿屋「つばき」の玄関で

街を飾っている。

　朝日新聞夕刊によれば、浅虫ダムの丘の上にある三本の青森ヒバで父と母と子をイメージさせた向井さんの「森《しん》呼吸（家族）」を始めとして、旅館の門前や海沿いの歩道などに佇む彫刻たちで、シンポジウムは数年続いた。ワークショップでノミを振るう旅館辰巳舘の女将《おかみ》の大形作品も、旅館辰巳舘内に並んでいる。青森蘭泊会が長く会場や宿泊に利用した旅館である。

　札幌にあった蘭泊会もやがて高齢で解散し、函館のそれも後を追うこととなった。函館蘭泊会の会長・斉藤実氏は、青函トンネル工事に参加された方である。一九八二（昭和五七）年の東宝創立五〇周年記念作品「海峡」（高倉健、吉永小百合主演）を見ていた私は、当時の話を聞くのが楽しみだった。

青森蘭泊会は一番遅くまで、37回も続いた。これは、栃木県小山市の花崎敏子先生が出席を続けてくれたこともあるが、浅虫議会で副議長をやっている幹事役の格谷武氏の功績が大である。

なお、浅虫は海沿いにバイパス通り、ヨットハーバーなどができたというのに寂れ、新幹線からも外れた。三國家の土産店はタイミング良く閉店し、母は下の妹のところで余生を送った。私はこの九月下旬に娘夫婦と三人で浅虫を訪れるので、彫刻作品にも触れるが、この町の再生の息吹が感じられたらと願う。

18　油絵のグループと個展

一　四つの写生会の旅

定年を迎えたころに遡ると、私は近所の油絵教室へ月二、三回通い始めた。静物から始めて風景を描くようになると、複数の画会に籍を置いた。それぞれの会の写生旅行に参加し、近県をスケッチすることができたし、各会の発表会に作品を発表できたからである。

なかでも、一般社団法人・示現《しげん》会会員の後藤利夫先生、いや後藤さんと呼ば

五回目の油絵個展（左より小竹繁、後藤利夫先生、竹中勝、三國、三浦仂）

せてもらおう。後藤さんを中心に、近隣の愛好家が絵を持ち寄って仕上げる「セブン・スリー画会」がベースになった。ここで、海兵出身の小竹繁氏や、中央公論社販売部出身の山本正光氏らよき画友に会えて、親しくさせてもらった。

私は後藤さんから、示現会の創設者の一人で芸術院会員だった故楢原《ならはら》健三先生が一九七八（昭和五三）年に著した『海を描く技法』（美術出版社）を勧められ、それを読んで以来、その画風に惹かれ、楢原先生の一番弟子だった後藤さんには、描き上げた絵をできるだけチェックしてもらった。

初期には、後藤さんは年末に希望者を募ってよく富士を描きに出かけた。場所は山梨県忍野村が多いのは、ここから仰ぐ富士は、定評ある田子ノ浦や伊豆の達磨山からの眺めに比べてゴッツイが、絵にするには面白いからで、忍野富士として親しまれている。私は山中湖、富士市各1枚、三浦市から3枚描いているが、忍野からが多い。十枚近く描いたのに、今は1枚しか残っていない。

後藤さんは最近、建築物を書かれることが多く、93歳になられるというのに、昨二〇一七（平成二九）年はロシア、今年はネパールへと毎年海外取材旅行をされ、示現会展には最高齢で100号の出品をつづけているのは、敬服に値する。

他に私は、「日本山林美術協会」の専門家とスケッチ旅行だけ共にするその

「友の会」にも属していたので、同協会員で白日会会員の乙黒久先生から、ご指導をいただいた。乙黒先生は私と同年で、中澤賞・内閣総理大臣賞を受賞、池袋三越で個展を長く続けられた。一方、句集『海辺の画室』『河畔風声』なども出されている。また、宮沢歳男先生などプロの会員もいる「石神井絵を描く友の会」や、練馬区主催の「区民野外写生会」にも参加した。

一方、私は個人でも竹中勝君を助手にし、全国をよく旅行した。とくに岩が冷却・固結する際にできる柱のような形のひび割れ、いわゆる「柱状節理」や、海食作用などでさまざまに造形される「岩石《いわ》があやなす奇勝」を求めて、知床半島から鹿児島県屋久島や沖縄まで足を伸ばした。と同時に、私は動くものに惹かれ、飛んでいるカモメ、走っている船、波でも逆立ち、渦巻いているのを好んで描いた。

二　五回の個展と展覧会への出展

喜寿を迎えた二〇〇五（平成一七）年、思い切って個展を開くことを決め、絵の仲間で画廊に詳しい三浦仂氏に候補の画廊をリストアップしてもらい、当たり始めた。その初日に、中央区京橋二丁目にある東京近代美術クラブにキャンセルがあって、五月一日からの一週間を確保することができた。ふつう銀座近辺の画廊は、一年以上先まで予約がつまっているのだが、ラッキーであった。さらに画廊の女主人が、「喜寿おめでとうございます。向いの細長い部屋も、よかったらどうぞ」といってくれた。したがって、階段を上った左右の2室に、総数54点を展示することになった。

初日のオプニングパーティーには、絵の仲間、小・中・高・大学の友人、現役時代の仕事仲間など計50人が集まって盛会だった。久しぶりに懐かしい人たちに会えて私はご機嫌だった。個展期間中の入館者は、三百人に達した。無名なうえ、連休中で人通りは少ない。それに、展示場が1階でないにもかかわらず、である。

その後、二〇〇六（平成一八）年七月52点、その翌〇七年八～九月58点と、私は3年続けてここで個展を開いている。もちろん、毎回作品は替えている。2年目の個展には、秋田から沢田石君が車で駆けつけてくれた。

4回目の個展は、東京近代美術クラブの建物が取り壊されたので、二〇一一（平成二三）年八月、その近くの前記「日本山林美術協会友の会」と「石神井絵を描く友の会」が毎年発表会をするくぼた画廊にした。ところが、偶然「石神井」の発表会と重なったので、伝統あるその会の入場者の一部が流れて寄ってくれ、これまで以上に盛況だった。

後藤さんが同じ示現会の先生二人を案内してきてくれて、「どうだ。示現会に応募してみないか」と声をかけてくれた。私はこれまで練馬区立美術館で毎年開かれる「練馬・文化の会美術展」と「練馬区美術展」には、時々出展していた。いずれも無審査で、後者では「足摺岬」「モンゴル大平原」（ともにＦ50号）で、それぞれ教育委員会賞をもらっている。

勧められた示現会展は、レベルの高いトップクラスの公募展で、六本木の国立新美術館での陳列は1、000点を超え、入場者は2万2、000人以上、全国44の会場での巡回展覧や楢原賞もあって魅力的だが、夢のまた夢であった。しかし、連れのお二人は審査員で、後藤さんが仲立ちをしてくれるという。

そこで、出展中の「奥能登に舞う〝波の花〟」（Ｆ80号）を候補にして、両先生の感想をうかがった。この絵は輪島市の曽々木《そそぎ》海岸で、雪まじりの泡がシベリアからの強風に吹きちぎれて舞う風物詩〝波の花〟現象を描いている。

背景に人が通れるほどの穴がある「窓岩」を配置していた。

「これはもっと小さくていいし、窓岩と分からなくていい。いや、なくてもいいのではないか」というのだ。そこで窓岩は小さくして残す方向で相談し、結局、全面的に手を入れて応募した。

翌二〇一二（平成二四）年春、入選が決まって示現会展の初日、推してくれた先生にご挨拶すると、「じつは『〝波の花〟ってなんだ』という審査員がいてね、危なかったんですよ。おめでとう。これから君の印象を出すため、同じように〝海〟をテーマにして描くんだね」と助言してくれた。

応募には大きい絵が有利だが、私の手元の絵で候補になるのは「秋の中禅寺湖」（F100号）と「小樽運河」（M80号）である。だが、海とは違ううえ、そのころは示現会展では会員以外は80号以下、M（正方形）は80号でも駄目と決められていた。そこでこの二つは、順にその年と翌年の秋の都展の応募に回すことにした。

中禅寺湖を最初に描いたのは、石神井友の会の夏の写生旅行であった。そのとき描いたキャンバス「夏の中禅寺湖」に、その後、個人で奥日光の紅葉を見に行ったときの感動をぶっつけて描き直したのが「秋の中禅寺湖」である。こうして私の唯一の100号は、三度のお勤めを果たすことになる。①3回目の個展では夏の、②4回目の個展では秋の装いで、それぞれの個展の目玉を務めたうえ、なおも若干の手を加え、③「秋彩の中禅寺湖」として都展にも飾られたのだ。

二〇一二（平成二四）年六月、私の誕生日を含む一週間、5回目の個展を地元練馬区の大泉学園のギャラリーで開いた。作品は55点で、友人・知人などがこれまでで一番多く作品を求めてくれた展覧会となった。

何点か描いてきた「東尋坊」がやっと満足できる50号にまとまったので、

個展の目玉作品『東尋坊』（右）と『足摺岬』の前で

これを会場の正面に飾った。また、次の19節で触れる手作りの限定本『うたの旅栞』（上下）も随所に展示している。

　このころ私のがんとの闘いが十年半をすぎ、抗がん剤の点滴を受けることになる前で、以降、次第に制作本数が減っていくのだ。

　さて、二〇一三（平成二五）年春の示現会展には、「南海の漁歌」（P80号）で応募した。世界自然遺産に登録前の小笠原諸島を旅したときの想い出として、波のうねりに力を入れて仕上げた絵を、写真に撮って見てもらった。すると、「右のサワラを引上げている漁師を、船ごともっと中央へ」という注文が出された。

この構図には下敷きにした写真があって、中央に移すには私のデッサン力が不足していた。そこで、自分でポーズをとったのを撮影してもらい、その写真を見て描き直した。こうして自画像入りになった絵が、2回目の示現会展入選を果たしたのだ。

一方、「小樽運河」は「雪あかりの運河」と改題し、秋の都展に飾られると、美術誌「美術の窓」はその年間公募展回顧に、写真入りで取り上げてくれた。ついで、五十周年都展に、「東尋坊」と「屏風ヶ浦」（ともに50号）が同時入選したが、私は体調を崩したこともあって、その後、新しい作品を発表していない。近所に住む画友・細野芳枝さんが一流画会の会員になり、大判の作品を発表されており、画集も出すなど頑張っているのに敬意を表したい。

19　作家の夢を、なおも追って

定年後、関連会社に一年ほどいたが、そのころからパソコンを買って著作の準備をしていた。目指す方向は五つあった。まず、一つは海に出かけるのが好きなので、1冊で日本列島の海岸線を展望できる本をまとめることである。これには取材旅行が必要なので、油絵の題材探しも兼ねて、早速、気の合った年下の竹中君を助手に、全国をカメラやスケッチ帳を携えて取材旅行した。

私の著作は図版が豊富なのが特色だが、こうしてまとめた『海道をゆく―日本列島三万キロ』（新生出版）は、写真245枚入りで際立つ。さらに凝った試みとして、注目してほしい風景のところには、文学作品からそこを描写した部分を引用して入れると同時に、〈アクセス〉として交通情報などのガイドを付記するなど、サービスを加えている。

私の本格デビュー作ともいえる作品なので、その年の日本図書館協会選定図書に選ばれたときは嬉しかった。担当してくれた大槻孝一氏は、私の家の近くに住んでおり、今でも交際がある。

二つは、私はミステリが好きで、創作を試みてみたものの、才能のないのが分かったので、いろいろ読んできた知識・情報を生かし、テーマ別にミステリを紹介する読書ガイドをまとめることにした。『鮎川哲也の論理』(展望社)、『消えるミステリ』(青弓社)ほか四冊ある。

本はほぼ一年一冊を目標に出したが、学芸局時代からの盟友・唐澤氏が出版社を買収して退社するに当たって相談されたのが縁で、氏が社長をする展望社から出版することが多くなる。

三つは、自分の得意分野の中から、一般にも興味を持ってもらえるテーマを取り上げ、ノンフィションとしてまとめることである。

二〇〇五（平成一七）年二月、展望社に寄ったとき、「この読者へ返事を出してほしい」と、ファックスを渡された。ボン大学の東洋言語研究所日本語科に通う女子学生からのもので、死刑をテーマにした卒業論文を執筆中だが、私が二〇〇四（平成一六）年一二月に出した『死刑囚─極限状況を生きる』（展望社）を読んで勉強になることがたくさんあった。著者のことをもっと知りたいので、差し支えない範囲で答えてほしいという文面であった。返事をした中から、一部を抜き書きすると、次のようになる。

二〇〇二（平成一四）年一二月、私はがんが進んでいることが分かり、やりかけの原稿を大改訂して、『いのち』というタイトルの原稿にまとめました。内容は、「第一部生きよ！　がん患者の窓から」、「第二部殺すな！　死刑囚の監房から」という二部構成で、死と直面した人たちの極限状況の異同を取り上げました。しかし、二つの題材が異質でうまく繋がらなかったことと、闘病に入ったばかりの身に第一部のテーマは重すぎて、結局、第二部を補強して先に出したのが『死刑囚』です。死刑制度への疑問をぶつけています。

『死刑囚』はシリアスなノンフィクションの力作だが、私の初期のロマンな短編集『逃げろ！　世界脱獄・脱走物語』『だませ！　ニセモノの世界』（ともに青弓社）の系譜でもある。なお、『逃げろ！』は、『朝日新聞』の「著者に会いたい」の欄に取り上げられた私の代表作の一つである。当時、早川書房の「ミステリマガジン」から原稿依頼があり、その掲載号（一九九六年六月号）には「逃げるミステリ」が特集されている。お気付きかもしれないが、このエッセイのタイトルも、これにあやかって『生きろ！』と付けている。

さて、ボン大学の女子学生に書いた返事の「第一部生きよ！　がん患者の窓から」の方は、どうなったであろうか。これも翌二〇〇五（平成一七）年一二月、『道づれ賛歌―がんの闘病でまなぶ』（展望社）として、私の「闘病日誌」（Ⅰ～Ⅲ）を売り物にして発売にこぎつけた。当時、〝がん〟というと〝死〟を意味していたから、なんとかそれを打ち破ろうと、奇跡的治癒の実例を集めて特色を出しており、これも代表作の一つといえよう。

また、映画監督の伝記（『黒澤明伝』『木下恵介伝』の2冊も、この分類に入れていいだろう。兄のように敬慕した両監督の映画はほとんど見て育ち、資料も集めていたので、両監督の没後トップを切って刊行した。『黒澤明伝』は私の本では一番売れているから、文庫にしたいものである。木下については朝日新聞出版「男の隠れ家」より「日本の映画監督特集」の原稿を依頼さ

パリ凱旋門での木下恵介（1951年）『木下恵介伝』（展望社）は、同期・黒澤明と磨き合って庶民派を貫いた木下の映画人生を描く

れている。

次の四つ目に、私家限定本を上げたい。私は手元にある油絵全部を、カメラマンの吉田忠正氏に頼んでわが家で撮影してもらっていた。その写真を生かす企画として、山大出版部の小川義夫氏の協力を得て、ちょっと面白い本作りをしてみた。ふつう自主出版というと二、三百万円ほどはかかるし、カラー版ならもっと高くなる。これはA5判、オールカラーの一冊1万円の本で、ごく親しい人だけに配る50部限定である。私は二〇一二（平成二四）年に『うたの旅栞』（上下）、

二〇一五(平成二七)年に『大自然の鼓動』の3冊の著者・発行者になったのだ。前者は自分の絵の写真と好きな歌とを組み合わせて作ったオールカラーの歌集であり、後者は同じく自分の絵の写真を使った日本の自然の解説書である。書店売りしなかったので、私のホームページには載っていないし、在庫もない。

私は、子ども雑誌の編集者時代、漫画の吹き出しや写真キャプションの写植貼りをしたことなどを思い出しながら手作りで台紙を作った。それを小川氏は印刷でなく独特のコピー刷りをし、表紙の題簽《だいせん》が覗ける窓を開けたカバーつきの上製本に仕上げてくれた。コンピュータ時代には珍しい手作りの代名詞のような本である。老編集者が手間暇かけた分、十分に楽しんだ産物なのである。

最後の五番目に、〝絵〟と〝歌〟のA5判で書店を通した2冊をあげよう。いずれも自主出版で、展望社刊である。二〇〇八（平成一〇）年の『日本列島海景色—油彩豊かな旅の絵本』は傘寿を記念して出した初の画集、翌二〇〇九（平成二一）年の『ふるさとを歌おう！』は「初の全国版ご当地ソング集大成」で、「故郷の歌百科」ともいうべき凝った本である。私の油彩作品は、ほとんど全部、四番目と五番目の計5冊に、収録している。

私の著書は今回のこのエッセイを入れて20冊になる。なお、以上から漏れた『ある塾教育』は、二章7節で取り上げている。

20　元気をくれるカラオケ

長兄はバイオリン、油絵がプロ級の次兄はギター、息子はピアノで自分が作詞・作曲した歌をうたう、とくれば、芸術家の血筋と思われそうだが、ドッ

カラオケ三水会（一列右堀越徳雄幹事長、今井健司会長、一人置いて三國、二列左より四人目・藤田実、その後ろは梨田慧）

コイ私は小学校のとき音楽は五年生のときを除いて、すべて乙だった。それに、私の世代は軍歌ばかり歌わせられたから、友人もたいてい音痴である。

私は小さいとき、はす向かいに栄座という映画館があり、その楽団《バンド》の演奏を聞いて育った。離れの部屋では蓄音器に「旅の夜風」などをかけて、「花も嵐も踏み越えて」と、よく歌った。一方、会社の寮にいたときは、隣にクラシックに詳しい人がいて、マーラーに惚れ込んだこともある。仕事でもイギリスの『ニューグローブ世界音楽大事典』の翻訳に関係したり、ジャズやクラシックのCDブックス企画でレコード会社と付き合ったりしたが、やっぱり演歌が性にあっているようだ。

「作詩家の阿久悠『書下ろし歌謡曲』(岩波新書)によれば、歌とは『時代のなかで変装している心を探す作業』だという。また、『死角に入っていた心のうめき、寒さ』に『ボールをぶっつける』ために歌を書いてきた」ともいう(鷲田清一「折々のことば」『朝日新聞』)。

私は演歌の蘊蓄があるカメラマンの竹中に仕事を手伝ってもらうことになって、カラオケ趣味が高じた。歌っている時は、腰の痛みもがんもみんな忘れ、歌に熱中して差別用語だが〝歌キチガイ〟に変身する。やがて百科のときの上司で私に「奥飛騨慕情」をよくリクエストした藤田氏が退職すると、彼に誘われて、今井健司氏が主宰する三水会という社友のカラオケ会に参加し、第三水曜日は池袋西口の「フォアローズ」に通って楽しい午後を過ごすようなった。

会場は二〇一一（平成二三）年四月より同じ西口でも「ジュン」に変わって程なく、杉本眞人の「吾亦紅」をしんみり歌っていた藤田氏が亡くなったという報が入った。私は酒を飲まなくなっていたし、ジュンではいい席が確保できなかったので、地元の「カラオケの鉄人」に切り替えて、毎月3回、竹中の助言をもらいながら歌うようになった。

二人だけで二時間半を、点数が出るようにセットして、一人二三、四曲ほど歌いまくるのだが、実力の差は明白なのに、けっこう、私にもいい点をだしてくれた。その機械の調整は彼がみんなやってくれるので楽チンである。

「鉄人」の採点基準は、あまり明確ではない。新曲でもいい点が出ることがある。竹中は初めて百点を出して賞金をもらったのは「ああ　あんた川」という石川さゆりの当時の新曲で、私も「男の絶唱」という氷川きよしの新曲で99点を出している。ところが、私が得意曲、たとえば鳥羽一郎の「下北漁港」をいい気分で歌い、竹中が「今日の最高だ！」とほめたのに、七十点台ということは珍しくない。私は頭の老化を防ぐためもあって、新曲にたえず挑戦したので、六十点台もよく出したが、それをバネに、竹中に迫っていた。

二〇一五（平成二七）年から私は自分の「高得点リスト」を作っている。これを見ると、2年ほどの間に、90点以上が115曲（99点2曲、98点4曲など、95点以上が51曲。90～94点は64曲）もある。どうやら、ほかに楽しむビンゴなどのゲームもある「鉄人」は、採点基準のミステリ自体が魅力だったかもしれない。

ところがその「カラオケの鉄人」が改装休館になって、二〇一八（平成三〇）年から、近くの「カラオケBan　Ban」にお店を変えた。すると、採点の様相はガラリと変わった。私の「高得点リスト」には、1曲も載らなくなったのである。ご存じの方が多いと思うが、「Ban Ban」には「鉄人」の機器よりも普及しているDAM《ダム》というメーカーの精密採点DXが設置されていて、お客が選んだ曲の全国の平均得点が出るので、自分の点数と比較できる。また、ポイントを突いた短評が出て、参考になる指摘や、良いところを褒めてくれ、励ましになる。

伊豆下田で私の杖を構える竹中勝（像の吉田松陰と同じ山口県出身）

さらに、採点は次のような基準がベースになって決められるのがわかる。①音程(正確率%)、②安定性、③表現力、④リズム、⑤ロングトーン（上手さ）、⑥ビブラート、⑦声域、にわたる。

だから、いい点数は簡単には出ないが、納得ができるのだ。

総じて、竹中は右記①の正確率が高く、③表現力の抑揚やコブシが、いまいちというところか。彼に言わせると、私はまず①の正確さで減点されることがおおいが、⑥ビブラートが効いていていい、となるだろう。私は八代亜紀が『素顔』(青春出版社)に書いているように、自分なりに「その歌の主人公を代弁して歌う」(「折々のことば」)のだが、気分を込めすぎるから、音程がずれるのだ。

これまで竹中は、北島三郎の「男の夢」、大川栄策の「一途な女」、渥美二郎の「夢追い酒」で90点を出した。私の最高点は、「天龍流し」(福田こうへい)、「別れの波止波」(春日八郎)、「さざんかの宿」(大川栄策)、「旅の夜風」(霧島昇、ミス・コロンビア)で88点をとったところで足踏みしている。

彼は先般、請われて造園業チームに入って、アルバイトをしている。その社長はかつて歌手志望だったが、背が高いのであきらめたというだけあって、DAMのカラオケで95点を出すこともあるという。スタッフの松沢氏は、得意曲が私と同じく「細雪」「おはん」「あばれ太鼓」で声が素晴らしいという。竹中が加わって、歌がレベルを抜いて上手《うめ》(梅)え社長のもと、カラオケ上手な〝松竹梅トリオ〟が誕生したといえよう。

梅社長は竹中から私の歌っている録音を聞かされ、感想を述べると、竹中はそれを私に伝えてくれた。梅社長はこの間接指導が機縁で、こちらの模様を気にしてくれ、毎回、何とか年下の竹下につかず離れず頑張っている私を〝スーパー爺さん〟と呼んでアドバイスしてくれる。ときにメロンの差し入れまでしてくれるから、有難いことである。

なお、わが家の二階のカラオケ室でも歌うことがあるが、新曲がない上、曲目も少ない。そのうえ、点数がよくなるような操作をしないので、「Ban

Ｂａｎ」同様彩点がからく、あまり評判がよくない。わが家の樹木が茂ったら、〝松竹梅トリオ〟に剪定してもらい、ひとり一曲ずつでもいいから歌って行ってくれるなら、曲目を増やしてもいいが、と思うのである。

第六章

病《やまい》とどう共存するか

長野県戸隠神社奥社参道に至る杉並木にて

21 除睾術《じょこう》か、LH—RHアナログか

二〇〇三（平成一五）年一月、私はなんら自覚症状がないのに前立腺がん、それも病期《ステージ》Dと分かって、和光市の独立行政法人国立病院機構、国立埼玉病院に入院した。やがて風呂に入って自分の体を見ると、痩せこけて、皮膚は黒ずんで、目をそむけてしまった。それに、足元もフラフラして、ズボンが穿きにくくなっている。このがんで死ぬ人が多くなったと聞いたばかりであった。

前立腺がんの治療の選択肢はいくつかあるが、医師の説明によると、このがんはテストステロンという男性ホルモンによって成長するから、ホルモン

療法が効果的とされる。これには4週間に一度、LH‐RHアナログという薬を注射して、男性ホルモンの値を下げる方法と、外科手術によって睾丸を取り除き、男性ホルモンを与えない方法がある。最近は〝化学的除睾術〟とも呼ばれる前者が多く選ばれるという。誰だってキンタマをちょん切られるのは嫌だし、薬なら投与をやめると、精巣機能が回復するというから、薬を注射する方を選ぶのだろう。

発見が遅れた私は、年齢や費用、それに何よりテストステロンの分泌を確実に止めねばならないので、医師が奨める古典的な後者を選択した。手術としてはわりに簡単だといわれたが、手術は初めてなので不安であった。私は「生きろ！」と心で叫び続けた。あとで主治医から「じつはね。命が危なかったんですよ」といわれた。あろうことか、私のPSA（前立腺特異坑原）は桁外れに高い580だったというではないか。ただ、がんの場合、これが3

桁ばかりか4桁にもなる場合があり、１００を超えたものは、「はずれ値」として除外されるようである。

ＰＳＡとは、がんの状況を知る目安である。五十歳以上の人でＰＳＡが４・０を超えたら、がんを疑ってかからねばならない。手術後のＰＳＡは、三月49、四月18、五月１３、以下、７・８と順に下がり、一二月には１・３と落ち着いた。私の九十年の人生で、命拾いをしたのは、横浜大空襲と今回で２回である。幸運としか言いようがない。

さて、アンドロゲンと総評される男性ホルモンは、副腎からも分泌されるから、主な供給源である精巣を摘除したあとも、抗アンドロゲン剤を飲んで定期的に血液検査をし、ＰＳＡの数値をチェックしてから処方箋が渡されるのである。

私の場合、３、４年で薬が効かなくなっては、別の薬に替えるということを繰り返し、普通の生活を送ることができた。性的機能不全は当然として、活力の減退や女性化現象は全く見られなかった。

ところが、二〇一二（平成二四）年七月、ＰＳＡが８・３に上昇し、主治医より「あと一つだけ薬はあるが、心臓に疾患のあるあなたには使えない。化学療法しかないが、高齢なので勧められない」と言われショックを受けた。八月一日、私は座して死を待つよりもと、抗がん剤の点滴を受けることを決意し、入院した。

ドキタキセルによる治療が始まった。それはタキソテールという抗がん剤の点滴を主としたもので、入院中、その経過を見守る毎日である。思いがけなかったのは、この点滴にブドウ糖が５％、２５０ミリリットルも入っていたことである。

私と糖尿病との付き合いはがんより古く、遺伝的なものと分かっていたが、これまで通院して薬を続けると同時に、食事やおやつには気をつけてきた。しかし、ブドウ糖を注射されるのだからたまらない。血糖値がみるみる上昇、急遽、インシュリン注射のやり方を教わり、毎食前、注射して記録をとることを義務付けられた。

インシュリンを打ちながら、私は姉の死を思い出す。大学時代は姉夫婦が建てた井の頭公園に近い住宅の二階に下宿して通学した。ずいぶん世話になった姉だが、不幸なことに糖尿病が悪化し、失明してしまい、私のがんのときのようにギリギリで運をつかむことなく、気の毒な最後だった。

22 ホルモン療法も15年目へ

以前私は、絵画グループの旅行を前にして、何となく体がだるいので埼玉病院の内科に診てもらうと、なんと即日入院ということになった。血液検査の結果、基準値が0・45以下であるべきCRPの値が33もあり、やがてCTなどの検査で肺炎であることが分かった。糖尿病は、この肺炎のように速やかに治癒しなくてはならない急性疾患とは違うから、ゆっくり長くコントロールすることが主体である。どうやらがんも、金沢大がん研究所の金沢助教授が言う通り、糖尿病や高血圧と同じように慢性疾患（生活習慣病）としてとらえ、時間をかけて治療し、病気との共存を目指すことこそが、治療の本質になると信じかけていたのに……。

病院から渡された冊子には、抗がん剤の特徴といくつもの副作用について記してあったので、何度も読み返してみる。しかし、まだ体には何の変化も起こらない。高血糖に振り回されているうちに、1週間はあっという間に過ぎ、退院となった。点滴は21日（3週間）で1クールと数える。最初は2週間後、外来化学療法室にいって1時間ほどかけて点滴を受けたが、これを3週間ごとに繰り返すのだ。

やがて、はじめ恐れていた副作用が次第に注意書通り、几帳面に現れてきた。特に抹消神経障害（しびれ、筋力低下、筋肉痛、関節痛）、骨髄抑制による口内炎や体のだるさ、脱毛、便秘。疲労感が強かった。とうとう10クールの予定だったが、とても耐えられずに4クールでお手上げしたのである。

入院中のPSAは12・01、その後従来の薬にもどって、9・1、6・8、5・1と抗がん剤効果が見られ、副作用も収まった。一方、インシュリン注射からの脱却はふつう大変だと言われたが、あの世から姉が励ましてくれるのを感じて我慢したので、ほどなく成し遂げることができた！

しかし、二〇一四（平成二六）年五月になると6・9、八月は14・9と上がってきて、暗い気持ちに沈んだ。さらに、薬のせいと思われる体のかゆみ、不眠、腰骨のずれから来るらしい歩行障害も出始めた。

九月の定期検診がきて、主治医よりこれまで飲んでいたオダインに変わって、アメリカで使われた私のような「去勢低坑性前立腺がん」患者向けの新薬イクスタンジを提示され、これを飲むことになった。長径21ミリ、短径10、重量1・4グラムのカプセル4個で、2週間ごと（後に4週間ごとに変わる）に血液をとったうえ、処方箋が出されるのだ。まれにけいれん発作が起こるというのが心配だったが、その気配はなく、ＰＳＡはなんと2・25と大きく下がったではないか。さらに、何カ月も悩まされたかゆみもいつしか消え、眠りも浅い時間が多いが取れるようになった。さすが高価なイクスタンジだけはある！　生き返った！　生き返ったのだ！

こうしてホルモン療法も15年目を迎え、サバイバー（生還者）になって、感慨ひとしおである。これまで主治医も３人ほど変わり、現在は前立腺治療では高名の門間哲雄ドクターで、数値も1を切って良好である。しかし、二〇一八（平成三〇）年一月0・47、四月0・48と動きが小さいが、七月には0・57と上がり始めている。それなのに、私は八月一四日、暑さのせいか、前日確認したのに、夕方、病院から電話があるまで処方箋をもらいに行くのを忘れていたのだ！　病院の指定する二日後まで薬があったのでホッとしたが、15年目に初めて犯したミスが情けない。

この稿の結びに、一言。前立腺がんは代表的な高齢者がんです。高齢化社会にあるみなさん、年齢にかかわらず健康診断を受診するとき、血を採るだけですみますから、ぜひＰＳＡの検査を追加して、安心を得るようにしてください。

23　狭心症よもやま話

二〇一〇（平成二二）年一一月、私と竹中カメラマンは二泊三日で長野方面の紅葉を楽しむツアーに参加した。樹齢四百年の杉並木が並び、近年、パワースポットとしても人気のある戸隠神社奥社に参拝した。そして、自画像入りの絵にするため盛んに写真を撮った後、最初の戸隠の宿に入った。翌日朝、バイキングの朝食後、急に吐き出し、体調がおかしいので、新潟方面へ向かうツアーから脱落し、彼に付き添ってもらって現地の病院で診察を受けた。「帰ったら、検査をしてもらってください。今日はこれで落ち着くでしょう」といわれ、帰宅した。

早速、近くの行きつけの病院へ行ったところ、その曜日はH市から通いの先生の日で、「私の病院で精密検査をしましょう」ということになった。「少し遠いな」とは思ったが、翌日、西武線とバスを乗り継いで行き、2、3の検査をして、後日結果を聞きに行った。対応したのは循環器の先生に代わっていて、「狭心症ですね。心臓近くの血管がつまっているので、入院して詳しく調べましょう」というではないか。病院は一応総合病院のようなので、早く確かめたかった私は、しぶしぶ同意した。ところがこの病院の待遇から先生の言動まで、何とも変わっていて、私を不安にさせるのである。

まず、食事は不味いご飯がちょっぴり、おかずは文字通り一汁一菜で、水っぽい汁に探せば箸に引っ掛かる程度のくず野菜で、漬物は汁と明らかに同じ野菜ときている。病院食は栄養に気を配るものだが、あまりの粗食に箸をつける気にもなれない。また、先生の説明では、腕の血管からカテーテルを入れて、詰まったところを掃除し、ステントを入れて血流をよくする手術で、危険性が一応あるという。そこまではいいが、手術には出来るだけ親族一同に声をかけて多くの人に立ち会ってもらいなさいと、まるで臨終を迎えるようなことを何度も繰り返すのである。

私は翌日、手術の約束はせずに病院を後にした。病院の事務員たちが、すがるように、「どうか、また来てください」と言いながら、くりかえし手を振るので、なんとも妙な気分にさせられた。

示現会入選作（1）「奥能登の“ 波の花 ”」（F80）
五回目の油絵個展（左より笹川智恵子、三國、上原眞澄、吉田忠正）

示現会入選作（2）「母島列島のサワラ漁」（P80）

私はあらためて、前立腺がんの手術をした埼玉病院の循環器内科に検査を依頼し、入院した。手術に当たっては、担当医のH先生より女房と私に危険性についての説明があり、どなたか立ち会ってとは言われたが、女房は「後でまた来ます」と言って帰っていった。

手術は期間を置いて二回行われ、心臓近くの血管にステントを計四個入れた。先生は私のベッドに来て、「あなたの症例を私の論文に使わせてもらうことがあるので、その了解をいただきたい」と、書類にサインを求めた。

退院後も、心電図とか検査に通ったが、経過は良好であった。しかし、狭心症では、胸が不快になることがあるから、その時は飲んでください」といって、ニトロペン舌下錠を処方された。舌の下に錠剤を置いて噛まずに胸の動悸が鎮まるのを待つ。効かない時は3錠まで許される。3錠で効かない時は、救急車を呼ぶこととある。

その後、この症状が私に出るようになった。一錠でおさまっていたが、やがて二錠、三錠となり、使う頻度も多くなった。医師に相談すると、発作が起きた日時や場所を報告させるだけで対策がないようなのだ。そのうちに、夏の暑い日の夜であった。恐れていた三錠飲んでも収まらない時が訪れ、私をあわてさせた。

私はすぐにカルテのある埼玉病院に電話を入れたうえで、初めて救急車を呼び、ついてくるという妻を制して、独りで救急病棟に身を委ねた。早速、心電図がとられ、原因は不整脈と分かって手当てしてもらった。「よく一人で来られたね。危なかったですよ」といわれた。私の人生にとって、横浜大空襲、前立腺がんを宣告された時に次ぐ、三回目の危機だったかもしれない。一応帰ってもいいと言われたが、家に報告し、安全のために一般病棟に泊めてもらうことにした。退院する時、「三錠で効かなかった時はこれを飲んでください」と粉末のワソラン錠二袋を渡された。

この薬は今日まで飲む機会がなく、身近に置いてある。それどころか、ニトロペン舌下錠さえ飲むことがなくなっている。この舌下錠を使っている人もいると思われるので、その辺の事情を付記しておく。私は年齢とともに転倒防止が重要になると思い、自分なりのエクササイズをきめて、改良を重ねながら実行してきた。そのなかに、血流を良くする「ふくらはぎもみ」や、足裏の感性を刺激する「足のジャンケン」などを採り入れている。特に前者は、心臓から一番遠い足の部位から、血管を絞り上げる働きとなり、滞りがちな血流が改善されるようである。だから、健康法としてブームは長く続いている。私の胸の発作が起きなくなったのは、その「ふくらはぎもみ」のせいと思われ、もうニトロペン舌下錠を服用しなくなって五年にもなる。前のH主治医は独立して離れたところに移ったので、報告していないが、同病に悩む方は、根気がいるが、試してみる価値はあります。なお、私は発作が起きた時に備えて、今も財布の中にニトロペン錠を入れて携帯はしている。薬の有効期限が来たら、新しいのと取り換えるのを繰り返しながら……。

24　脊柱管狭窄症との戦い

五、六年前、神戸へ行ったとき、坂を上っていると、右足に痛みとしびれが強くなり、やがて歩けなくなった。腰掛けられるところを探して腰を丸めて休憩すると、また歩けるようになった。これを間欠跛行《はこう》という。こういうことが年に一〜三回あった後、急に多くなったので埼玉病院の整形外科でレントゲン、CT、MRIなどの画像検査をしてもらうと、脊柱管狭窄症《せきちゅうかんきょうさくしょう》といわれた。

年齢とともに体にいろいろな痛みが生じてくる。それは大きく分けて、からだに危険を伝える痛みと、神経の痛みである。腰部脊柱管狭窄症は、後者に属する神経障害性疼痛である。背骨の後ろ側にある脊柱管には、中をとても太い神経である脊髄が通っている。加齢によって骨や軟骨、靭帯などが変化して脊柱管を狭めて、中を通る神経を圧迫するのが脊柱管狭窄症である。だから歳を重ねれば、誰もが発症する可能性があり、若いころからずっと悪い姿勢をとってきた人に起こりがちな「生活習慣病」と言えるだろう。

医師は手術で背骨の一部を削って、神経への圧迫をとり除くしかないといわれたが、とりあえず薬をもらって帰った。ところが薬が全然効かないので、近所のTクリニックの主治医に相談すると、2週間ぐらいの入院で済むし、埼玉病院の先生はベテランだから任せてはどうかといわれる。しかし、家庭の事情から私は家を空けるわけにいかないし、子どもたちも反対するので、もっと効く薬をとお願いし、朝と晩に飲むカロナール錠とリマプロストアルファデクス錠を処方してもらった。これがよく効いたので、喜んでいたら、やがてまた痛みが出始めた。そこで、Tクリニックから、同じ薬を昼用に追加してもらった。

さらに、新しくH整形外科にも毎日通って、うつ伏せになって受ける電気マッサージ（あんまは週一回）と、仰向けになって背骨をメカで牽引する治療を始めた。これはそれなりに効いて、日中は楽になったが、夜中に痛みが出るようになった。貼り薬、塗り薬で対応しても不眠の日が続くので、T先生に相談して昼用に飲んでいたのを寝る前に回すことにした。晩用から五時間は空け、しかも空腹ではまずいので牛乳と一緒に飲むのである。

さて、二〇一八（平成三〇）年は講談社社友会では創設三十周年を迎えるので、「記念文集第六巻」を出すことなり、私も寄稿した。その中に次のようなことを書いた。

昨二九年は、佐藤愛子「九十歳。何がめでたい」がベストセラーになった。私は、本年半ば90歳になり、「百歳時代」の入口に立てたことは目出たいと思う。

よたよたと、いつ倒れてもおかしくない身体ながら、心は修辞法の反語でいえば、目出た「からずや」、または「からざるや」90歳で、早世した兄弟の無念を背に、「どうして目出たくないなんて言っていられようか。いやまことに目出たい！」と、幸せを強調し、噛みしめるのだ。

さて病気の治療も、なにがしか模索を試みながら年を重ねると、自分なりの逆説的療法に探り当たるものだ。たとえば脊柱管狭窄症との戦いで、痛み脱却の第一歩は、「痛くともやる！」こと。痛くともやりたいことのために体を動かす。目標や生きがいを持つと身体知性が働くのか、痛みが克服される」のだから面白い。

この初校校正を返した日あたりから、朝ベッドから起きようと、足を床につけると、猛烈な神経障害性疼痛が走るようになってきた。最も酷いときは、痛みが静まるのをただ待つだけでなく、脊柱管を拡げて圧迫を減らし、神経を回復させようと、膝を抱えてみたり腰を丸めてみたりする。また、固くなった筋肉を解きほぐそうと、足で空《くう》をかき回すなど四苦八苦し、悪戦苦闘もする。しかし、いざ足を床につけようものなら、下半身に電流が走るのだ。「死ぬ！　死ぬ！　死ぬ！　死ぬ！ツライ！」と自然に出る悲鳴を抑え込みながら、こころで「生きろ！　生きろ！ガンバレ！」と叫んで堪える。三十分ほどで、背中を丸め両手で両膝を抑えながら、なんとか歩けるようになるのだが、普通に戻るには1時間もかかる。三十分ほどで収まるときもあるけれど、これが毎朝の悩みとなってきた。だから、再校では書き変えようかと思ったが、〝やせ我慢〟して、カッコイイまま残そうときめた。

こんなわけで、娘夫婦から「秋には浅虫の墓参りを兼ねて温泉巡りにみんなで出かけよう」と声をかけられていたのも延期した。そして、ある朝、2回目の小用に起きた後、ベッドでなく、その脇の椅子に移って眠りを続けたら、目覚めてすぐ、ヨタヨタだがあまり痛みを感じることなく足が運べたではないか。その翌日、注文していた「マッサージチェア」が家に届いたから、なんとも不思議な符合である。これはリクライニングができ、全身、肩、腰、ストレッチの四種のマッサージなどが選べる家庭用電気マッサージ器である。

「よし、神はまだ見捨ててはいない！」と思えてきた。

前に買って読んでいなかったビジュアル版『自分で治す！ 背柱管狭窄症』

（洋泉社）を見て、私のエクササイズに膝抱え&腰まるめ体操もとりいれた。
さて、マッサージチェアか、膝抱え&腰まるめ体操のどちらか、あるいは両方のせいかまだ分からないが効くようで、朝起きの恐るべき疼痛から免れることができた。

私は前立腺がんで睾丸を切除したので、男性ホルモン不足で骨折などしないようにと、ずうっと15年、ベネツト錠2という骨粗鬆症の薬を飲んでいる。
杖もつくようになったが、最近は転倒の予防にカートを使うようになった。今やカートを押しながら毎日マッサージや買物に通うのは、往復一時間半ほどのジョギングになっている。

木・日曜日を除いて、いつも整外外科の壁に貼ってある中外製薬のポスターに、目を留めるのも習慣になった。それには、監修・転倒防止医学研究会として、転ばないための五つの習慣が挙げられている。

「一　こまめに体を動かそう、二　日光を浴びて散歩しよう、三　無理なく楽しくエクササイズを続けよう、四　足の裏の感性を磨こう、五　こまめに水を飲もう」。

それぞれに簡単な説明がついている。たとえば、二には、「日光を浴びると、皮膚にビタミンDが作られ、骨を丈夫にしたり、筋力やバランスを高めたりする」、四には、「足指ジャンケン、裸足や鼻緒のものを履く」など、五には、「水分不足は、体に変調をきたしやすく、転びやすい状態になる。朝の目覚めに一杯、夜寝るときに一杯、コップ水を飲むのを基本に、喉が渇く前にこまめに水を飲む習慣を」とある。

私はこれらを守るようにしているが、特に三のエクササイズでは、自己流に考案した転倒防止体操を織り込んで続けている。そのせいか、前記のようなジョギングでも、何とか足取りの確かさを保ってきたと自負している。

老人を生きるには、「趣味や目標を持つこと」とよく言われるが、何事も努力を積み重ね、それが報いられて、なにがしかの達成感を持つことができれば、その成功体験で脳の側座核がアップされ、痛みが和らぐとも言われる。なんとか私の手探りや試行も、効果を上げてきているので、1日6錠飲んでいた痛み止めのカロナール錠を3錠に減らし、0錠も夢ではなくなった。

第七章　どう奏でるか、人生の最終楽章

家族そろって（後列左より楠本智彦、妻邦子、長女楠本仁美、長男洋史、私、前列・孫の史佳、智子）

25　89歳で二度目の新築に挑戦

かつての私の家は、結婚前に建てたので、五十年は過ぎていた。しかし、南向きに庭があり、増改築をしてきたので、私は建て替える気はなかった。それが東京都の都市計画で道路に引っ掛かり、母屋の部分をいずれ道路に提供せざるをえなくなった。家を新しく建てることは大変なことだが、老夫婦にも目標ができて、あんがい健康にもいいだろうか、と考えるようになった。それなら足腰が自由なうちにと、決断することにした。

普通は近くに部屋を借りて引越しするものだが、測ってみると、その必要がないようなのも決断を促した。まず、南側の庭とアパートをつぶして新築し、新居ができたところで引越しをする。それから旧屋を壊して整地し、道路分を都に引き渡す、ということがギリギリ可能であった。さいわい、もうアパート経営はやめようと、前から契約延長を断っていたので、問題は何もなかった。

建築会社は、娘や息子の住居に近い吉祥寺に展示場のある住友林業にきめた。初めは東京都も住友林業も、拙宅に来て基本的な契約を取り交わした。

二〇一六（平成二八）年に入ると、都が保証金額を決めるため、用地課から派遣された人が建物や設備から庭の樹木まで調べ始めた。樹木のネームを一本一本、書き出していたので、私は助言したり、間違いを指摘したりした。また、アパートの保障は認めなかったので、家主として使っていたアパート一階の物入れの品物などを具体的にあげて、五十万円近くを追加させた。一方、東の私道奥の駐車場の持主が建てたブロック塀を、都が補償に入れていたのが後で分かって、二十万円ほど差し引かれたりした。

建築の方は、手続きや設計、資材などの打ち合わせなどが、私と息子、ときに娘夫婦も参加して始まった。会場は資材見本がそろっている吉祥寺の展示場の会議室で、比較的頻繁に行われた。打ち合わせが済むと、大学時代、井の頭公園近くの姉の家に下宿していたので懐かしい吉祥寺近辺で、息子らと会食し意見交換ができたことはよかったと思う。ただ、予想もしていなかったことも進んでいた。次節で述べるが、妻の邦子が、認知症を病んでいたのである。

翌二〇一七年（平成二九）四月、一流会社の名に恥じない先端技術と木造の長所を生かした二階建てができて引っ越した。六月、私が89歳の誕生日には外塀が完成し、わずかに確保した南北の庭に植栽も入った。新居は子どもらの意見を取り入れて、玄関を二つつくり、将来、一ヶ所を仕切れば、２所

新築なった家の前で

帯が住めるようにしたこと、また、1、2階とも中央にリビングとダイニングを兼ねた広いルームを据え、ガスで発電するエネファームを設置して、床暖房を入れたのが特色といえよう。

絵を多く飾っているのは私らしく、要所に80～30号が架かっている。これまで私が描いた油絵は、個展で求めてくれた人が結構いたのと、気に入らないのは破棄したので、残りは少なかった。しかし、大判の「小樽運河」を中心に十分な数が残っており、「どこにどれを飾るか」を楽しみながら掲出した。

1階は、庭に面した日当りのいい7・5帖を認知症が進んでいる妻に、階段下を利用した変形の4帖半大は私の寝室で、ベッドとテレビ、衣装箪笥、椅子と小机が詰まっている。

その代わり、私は2階をのびのびと使っている。中央のダイニングキッチンにつづくオープンな18帖は、応接兼カラオケ用で、東はベランダ付きの私の書斎へ、西は泊り客用の和室へ通じている。

最初は点灯のスイッチ一つ押すにも戸惑いがあったが、慣れてくると旧居よりも夏は涼しく、冬は暖かく、快適であった。

それに、北の前庭は思っていたより広く感じられるのはうれしい。灯籠、溶岩石、五重塔模型、水槽、埴輪などの配置が決まり、各所に配した鉢植えのヒマワリやバラ、クリスマスローズなど四季折々の花の手入れも楽しめた。

水槽には水草を浮かべたせいか、いつの間にか2種の小さなメダカが三匹いるのを確認したのは驚きである。比較的大きな木では、ソヨゴ株立てやヤマボウシなど常緑樹と、イロハモミジやアンズなど落葉樹が、各4本あり、アンズは二つだけ実をつけた。オープンな駐車場の隅には、鉢植えのトマトとキュウリが実をつた。

南で一応のスペースが取れたのは東側だけで、前からのキリシマツツジ3本が高く伸びて目隠しの役を果たしている。白梅の木を挟んで2本のブルーベリーはいっぱいに実をつけた。こちらの水槽にはメダカが一匹だけ住んでいたが、それでは淋しいだろうと5匹ほど買って放し、スイレンの鉢も入れた。各種宿根草も根付いてくれたので、椅子に腰をかけると、それなりに気の休まる一ときを過ごすことができる。

中央は隣家に接しているので、部屋からの眺めも考えて奮発し、竹で編んだ目隠しを立てた。これにはガラス玉、ふくろう親子や瓦型花立て、金属の鳥籠（木製の小鳥入り）などが下げられている。地面には左より、斑入《ふい》りアオキ、灯籠、沈丁花、ソヨゴ株立、御影石の台の上に大型埴輪とアサガオ2鉢など、見どころが並ぶが、水やりに人ひとりが通るのがやっとである。西側はカクレミノが3本で、樹間下でツツジの差し木を試みている。

この辺は風致地区なので、建築には緑化の条件が厳しく、思うような床面積がとれなかったが、申請すると優良建築として、いくつかの特典を受けることができた。こういうことで何の不満もないのだが、何か一言、付記したいのである。

総じて、新築に要した費用は、都からの補償金や土地買上げ代金以内で収めるように心がけたので、住友林業他への支払いがその範囲内で収まったのはよかった。しかし、テレビや洗濯機など電気製品や家具などを一新させたので、その分持ち出しになった。加えて、税理士に頼んで確定申告をしたので額は少なくなったが税金がかかった。これは仕方ないとして、困るのは後期高齢者医療被保険者である私と妻の一部負担金の割合が、これから1年間、（1割だったのが）それぞれ3割に増えたことである。私の八月の医療費だけでも、十万円を越えた。

最近、隣でも鉄筋三階建ての建築工事が始まったが、いつの間にか都市計画の道路の両脇は、都が買い上げてから張った金網つきの空地が増えている。元のわが家や隣はもとより、これらの金網つき空地は、痕跡こそ止めないが、沢山植えられ、大きく育った木々が無残に切り倒された結果であって、時代に逆行している。

人口は一億二千五百万人と九年連続して減少し、高齢化で車の運転人口は減る一方だろう。新しい街路樹が植えられるにしても、緑を犠牲にし、かつ土地買い上げ代や補償金など国民の税金をたくさん使って道路を拡張する発想から、いつ脱却できるのだろう。お買い上げいただいた側からいうべきことではないかもしれないし、車をやらない男の〝僻《ひが》み〟かも知れないが、〝一《いち》木《もく》一草《いっそう》〟を愛してきた老人は、「どこかおかしい」と思うのである。

26　妻の相次ぐ事故

妻が「自動車を娘に譲る」といいだしたときは、歩くことを健康法と心得え、ほとんど妻の車に乗ることのなかった私は、「そろそろ、運転をやめるのもいいな」くらいにしか考えていなかった。それから妻が管理していた通帳類を預かってくれと言われて、「俺の方が早くボケルかもしれないよ」と冗談を言って、受け取ったものである。

しかし、家の新築のことで、家族が話し合いをする中で、妻とは明らかに話が組み合わないことがいくつかあり、「認知症じゃないか」ということで、二〇一六（平成二八）年二月、私は邦子を連れて埼玉病院神経内科の神宝知行医師に見てもらった。「野菜の名をいくつでもあげてください」という質問に、肝心の野菜は一つ、あとは果物ばかりあげるので、私はじれったかった。そのほか簡単な検査をして、「アルツハイマー型認知症ですね。薬を出します」といわれた。その後、三月と四月と処方箋をもらいに行き、「今度から近所の病院に通ってください」といわれた。以降、Tクリニックで認知症の薬アリセプトをもらうのを続けている。

七月になって、腕や足に擦ったような傷をつけているのを見ると、どうも自転車で転んだらしい。傷薬を塗って治ったと思う頃、「肩が痛い」といいだし、問いただすと、今度は自転車で何かと衝突したようなのだ。あわてて近くのH整形病院でレントゲンを撮ってもらうと、左鎖骨が骨折していることが分かった。対処療法での治療となり、湿布とコルセットの使用が始まった。腕を下げていると痛みがないため、コルセットを外してしまう。腕を上に挙げると、痛がることを繰り返したため、治癒に時間がかかった。

しかし、自分自身に得体のしれない変化が起きているのを感じて、どんなに悩んできたかを考えると、何ともいじらしく、慰めの言葉もない。どこで誰と、または何と衝突したかもわからないまま約三カ月経ち、折れた部分が繋がってひと安心した。

新居ができ、妻は勝手が違うので、だいぶ混乱している様子である。彼女の部屋の雨戸は、電動にしたからスイッチを押すだけで開閉できるのだが、じかにイジってすぐおかしくしてしまった。それはすぐに直ったが、アルツハイマー型認知症特有の帰宅願望のせいなのか、夕方になると「家に帰る」としきりに言い出すようになった。それが壊してしまった元の家かと思いきや、山形の実家のようなので閉口する。両親がまだ元気と思っているらしい。上田武夫先生の奥さんが認知症で、一夫さんから様子は聞いていたが、いざ我が身に降りかかってみると、戸惑うばかりだった。

さて、二〇一七（平成二九）年五月二一日、今度は朝、起こしに行った私の目の前で、ベッドから転げ落ち、首から血を出した。私は仰天して、救急車を呼んだ。東京都保谷の更生病院にかつぎ込まれ、娘と息子が駆け付けた。幸い2針縫う処置で済み、その日のうちに帰宅でき、その後約2週間通院した。

総務省の二〇一七（平成二九）年の就業構造基本調査によると、家族の介護や看護のために仕事を辞める「介護離職」が年9万9、000人にも上るという。新居で生活してみて、今まで以上に見守りをしないと安全に生活するのが難しいことが明らかだった。高齢者福祉施設に勤めていた娘は退職して、新居に車で通い、妻の面倒を見てくれることになった。土・日曜や祭日など来られない日もあるが、多くは月～金曜日、妻の介護を中心に、食事や洗濯の面倒も見てくれている。

妻は専属のプロの介護付きで落ち着きを取り戻し、幸せそうであり、腰痛に悩む私にとっても有難いことである。しかし、妻は歩行や判断能力の低下から転ぶことが徐々に増え、その後も怪我をして、病院通いをすることが度々である。年末娘が来ない期間、自宅で過ごすことが難しくなったため、介護認定を受けた。要介護3の判定となったので、私は娘が選んだ近所にある小規模多機能型居宅介護施設「やまぼうし」を、娘と二人で見学に行き、契約した。多くは金曜の午後五時ころ娘が車で届けるか、または土曜の朝一〇時ころ施設が妻を迎えに来て、「やまぼうし」で泊まりのサービスを受け、日曜の午後四時ころ家まで送ってくれることになった。娘は大きなボストンバッグを用意し、妻の着替えや日用品に名前を書いて詰め込んだ。ファイル型「連絡ノート」の巻頭にあるポケットに、月末には来月服用する妻の薬を入れるのを忘れてはならない。私の役割は、娘が日付と朝晩を明記した小袋に、薬を入れるだけである。なお、妻が施設の車で帰る日曜の老夫婦の夕食は、宅配弁当にしている。

私の手元に、娘（仁美）の介護日誌と、「やまぼうし」の妻に関する日常生活記録がある。それぞれの中から、ごく一部だが抜粋し、少し読みやすくして見ていくことにしよう。

27　娘とやまぼうしの介護日誌から

一　娘の介護日誌から

平成二九年四月一三日　九時三〇分～一九時三〇分、母を車に乗せて、私の用事で茨城県の鹿嶋市役所、警察署、ハローワークと回る（武蔵野市に家があるが、定年後を考えて購入した鹿嶋市の農園付き住宅に住所を移している）。途中で買った総菜パン、シュークリーム、野菜ジュース1リットルは、往復で全部平らげる。車の中で足を動かしてもらうなどしたので、歩行はおおむね安定。

大泉の祭りに参加する邦子（やまぼうし・提供）

暗くなってくると不安な様子だったので、家の建て替えのことを繰り返し説明しながら帰る。家に入るや、廻る椅子につかまり、転んで頭をぶつける。痛みがあり心配だったので、その夜は泊まる。

夜中の三時半ごろ、ベッドから落ち、トイレが間に合わず、廊下の床を濡らす。毎晩、このようなことが起こっているのかと思うとつらい。

四月一九日　午前中、ふくらはぎの体操、一二時から美容院と買い物。なお、一日の過ごし方は次の通り。

九時〜一〇時　実家に到着。一〇時〜一一時　着替え、洗濯、掃除、洗顔、化粧、歯磨き。一一時から一二時三〇分　車で公園へ、散歩、帰りに買い物。一二時三〇分〜一三時三〇分　昼食。一四時〜　入浴、体操、歯磨き、夕食作り。

六月九日　母は疲れのピークを超えると、興奮、不穏、多動になり、体を休められなくなる。体力をつける働きかけはするが、疲れないよう、休憩、横になる時間をとり入れながら、一日を過ごしてもらう。公園は気分転換になるも疲れるので、週二、三回にして様子を見て、それ以外は家の近所で二本杖歩行の練習をしていく。今日は昼前に通りの角まで往復。昼食後昼寝、体操、昼寝、入浴（洗髪）で落ち着いていた。

一〇月二日　健診でTクリニックにいく。今までの薬に加え、メマリーが処方され、明朝から服用する。認知症薬については、最大限の量を服用することが、現在の標準治療といわれる。

一〇月一七日　朝、階段から落ちる。両腕に裂傷。ベビーゲートを購入して階段入口に設置し、貼り紙を数カ所にはる。

一二月五日　地域包括支援センターに介護保険申請にいく。先週から朝、パジャマまで濡らす失禁が続き、お尻がかぶれてしまった。本人がつらい思いをするようになるため、父と相談して、今後は私がいない時は介護サービスを利用することにした。

平成三〇年七月二五日　Tクリニックで区の定期検診の結果、母の胸部レントゲンに影があり、埼玉病院で再検査を勧められる。同時に、この一年、歩行力、バランスが悪化していることを相談。

服用していたアリセプト10mgが5mgに見直された。

八月二・三日　通院時などカートを使っていたが、うまく扱えないし疲れるので、介護保険で一番安い車いすのレンタルを開始。埼玉病院で前に検診を受けた神宝ドクターを受診、二日がかりでMRAと心筋シンチの検査をする。

八月二四日　神宝ドクターの診察日。脳の委縮は進行。脳動脈瘤があるが、二年前と比べて肥大していない。自律神経に問題はない。

八月二八日　Tクリニックを受診。埼玉病院の検査結果を見ながら、肺の影は問題なし、パーキンソン症の可能性なし、左脳に小さな脳梗塞あり、歩行不安定の原因だろうとのこと。状況が固定しているので、これ以上の悪化はないだろうと、薬の見直しはなかった。

九月一四日　使っていた車いすは重くて、車への積み下ろしがキツク、車輛間隔の狭い駐車場での扱いも難しいことから、その点を改善したものに取り換えた。

二　やまぼうしの日常生活記録から

平成三〇年三月三日　午前は入浴後、みんなで体操レク（lecture）に、午後は、シイング（sing）に参加される。邦子さんのために誕生会を行う。利用している皆さんからお祝いの言葉をもらって笑顔が見られた。

三月五日　午前は、回想法レクに参加される。「今、会いたい人は？」の質問に、「お母さん」と答えられる。午後はカラオケのレクに参加。しっかりと声を出して歌われていた。強い帰宅願望は聞かれない。

四月八日　午前、「帰ります」といいだすので、娘さんの手紙を見せると納得されたが、やがて「帰ります」と六、七回繰り返す。四角いお手玉投げが始まると落ち着かれた。昼食時、箸の使い方がおかしかったので、何度か説明した。体操には積極的に参加。三時のおやつのとき、お茶を吹き出し、洋服がぬれてしまったので、着替えと交換した。

五月四日　六時半起床、モーニングケアを実施。入浴後、頭の体操で職員の話をよく聞き、たまに応えてくれる。「五月の誕生石は緑色」「今日は緑の日」など話すと、「そうなの」とにこやかになる。また、菖蒲湯の話をすると、喜ばれた。午後、何人かでいなげやへ買い物に出かける。「明日の朝食のサラダは何にしようか」と聞くと、二つの中からポテトサラダを嬉しそうに選ばれた。

夕方より落ち着かなくなり、「帰ります」と何度も椅子より立ち上がる。その都度泊まることを伝える。夕食後より、ソファーに座ってテレビを見ている男性M氏のことを、「何であんな普通じゃない人がいるの」「もうここにいたくないのよ。帰る」と強い口調で訴えられる。居室に誘導すると、「どうして帰れないの」と聞く。ご主人に頼まれていることを伝える。

再びフロアに誘導し、職員が隣に座って談話をすると、頃聴しながら少しずつ穏やかになり、笑顔も見られるようになった。

五月一九日　ご家族との「連絡ノート」に、次のような記載があった。「前回、五回用の紙パンツと夜用パット各一袋を持って行ってもらいましたが、夜用紙パンツを、つけてもらえなかったので、翌日ベッドやイスが汚染してしまいました。今後、退所時に着け忘れないようにお願いします」とある。注意しよう。午前は、入浴後、頭の体操に参加。ことわざクイズ、言葉の繋がりクイズ、花のお話など。午後はドラマを見ながら談話、女性同士で弾んで家での話の際に、「お父さんは何にもしないの。当てにしてないわよ」と、笑いながら話される。

五月二七日　午前は、「今日は何の日」で、百人一首の日から歴史人物について、回想法を行う。笑顔で話を聞いていました。午後は、カラオケをたくさん歌っていました。

六月一六日　一〇時ごろお迎えに行く日、八時三五分、ご主人（私のこと）から電話あり、「転んだようで、朝、顎と左腕から血を出して起きてきたので、娘に電話で知らせたが、私は耳が遠いので、今日どうするか直接娘と電話で話合ってほしい」という。娘さんに電話すると、「今、向かっているのだけど、ご飯は全部食べたようだから、大丈夫と思うので、いつも通り来てください」といわれる。

やがて一〇時五分、娘さんから電話で、「現場を見たらベッドの頭のところに顎と肘をぶっつけたみたいだが、腕は動かせるので骨は大丈夫と思う」と話しているとき、やまぼうし職員が到着した様子。土曜日で病院が午前ののため、受診後、連絡をくださるようお願いして辞去する。

一二時三五分、娘さんが来所される。Tクリニックで顎2針縫い、左腕は処置後、包帯、ネットで保護しており、入浴は禁止という。4日分の薬を受け取る。

六月三〇日　「連絡ノート」からの抜粋。「顎と左腕は完治しています。入浴再開、お願いします。自宅ではシャワー浴で対応しています。今週ずっと立位バランス悪く、歩行時も安定しない状況でした。トイレのズボン上げ下げもバランスを崩しがち、様子を見て手助けをお願いします」。

午前、入浴後、体操レクに参加。笑顔が多く、落ち着かれていた。午後はみんなで、シングに参加。ただ、おやつの後、隣のO氏に怒り出すシーンあり、その後「もう、帰る！」と立ち上がり、落ち着きなく歩きまわる。トイレに行くと、少し落ち着かれる。

七月一六日　ラウンド（夜中の見回り）は、〇時、一時、二時、三時、四時、五時、六時、七時、いずれも良眠である。七時五〇分、声をかけると起床され、ふらつきあり。午前はレク参加。午後は、ちょうちん作りの画用紙を揃え、シーツたたみを職員と行うなど、穏やかに過ごされた。「帰る」という常套句も、今日はにこやかなおっしゃり方で、「四時に送ります」と答えると、笑顔で頷いてくれる（文責三國隆三）。

28 百歳時代の入口で

一 高齢化社会を生きる注意事項

青森中学の同期生の会は、地元の青森市で長く続いていたが、私は一度も出席していない。その代り、在京の青中同期会にはよく出席した。やがて出席者が5人に絞られるようになると、上田先生の娘で故福田正典氏夫人の悦子さんを含めて、六人の会を出来るだけ長く続けていこうと誓い合った。

世界的な地理学者の前島郁雄氏を中心に、会社社長を引退した桜庭靖男と山形昭典の両氏、外科医の三浦慶造氏に私である。前島は私の講談社での最後の仕事（企画段階で移動）、大型翻訳企画、講談社／タイムス『世界全地図・ライブアトラス』の監修者でもある。会場は最初持ち回りの幹事が決めたが、やがて前島がよく使う学士会館に定着した。ところが、三年ほど前、幹事の山形君から電話があって、どうも連絡が取れないといって、流会になって以来、開かれていない。

最近、人生百歳時代という言葉がよく聞かれるようになった。日本人の平均寿命は、女性87・14歳、男性80・98歳と、9年連続で世界のトップになったからであろう。しかし、健康寿命となると女性は12・35年短い

学士会館前の在京青森中学 42 回生の面々（左より）山形昭典、三浦慶造、福田悦子、三國、桜庭康男、前島郁雄）

74・79歳、男性は8・84年短い72・14歳だという。われら同期生5名は、平均寿命を9歳ほど超えて百歳時代の入口に達したから、みんな病と闘っているのだ。

われらの年では、メールでのやり取りはもともと少ないが、同年の友からの電話や手紙も、ほとんどなくなる。私と同じ練馬区にいて、2回目の船の世界旅行に出かけ、シンガポールから絵葉書をくれた石井和夫氏ですら、ずっと会っていない。旅

函館蘭泊会の二人と浅虫の宿屋「つばき」の前で（左より斉藤実、三國、森忠）。なお、私は遺言状の「付言事項」には、お墓に近いこの宿を法事などに指定している

から帰ったと思われるころに電話すると、「腰痛にやられ、苦労している」とぼやいていた。以前なら会って体調を語り合うのが挨拶みたいなものだったのに、お互い会うのも億劫になる。年末にお姉さんが亡くなったという喪中はがきが来て、「満九十歳の超高齢に達しましたので、今後は『行雲流水』、自然を友として余生をしずかに過ごしたいものと思っております」とある。

絵の仲間で一つ年下の小竹繁氏か

ら来た年賀状にも、「長寿界（昨年米寿）に達しました。年賀状は、辞退させていただきます」とある。こういう方は年々多くなるのだ。

九十年台を生きるのに、連れ合いや肉親、介護の人たちを相手にする生活ができる人は幸せである。要は独身でも笑顔でストレスを改善させることができるなら、長生きしてよかったと感じることができるはずである。私たち夫婦はそうでありたい。

厚生労働省の発表によると、国内の一〇〇歳以上の高齢者の人数は、この10年で倍増している。二〇一八（平成三〇）年の老人の日（九月一〇日）の時点で、なんと6万9785人になる見込みという。

解剖学者の三木成夫《しげお》『内臓とこころ』（河出文庫）によれば、人や物の姿や様子を音に転写するオノマトペ（擬態語・擬音語）は、ほんの一音ずらすだけで意味の大きな地滑りを引きおこすという。生まれて「よちよち」と歩き始めた幼児も、たった一音の響きの変化「よたよた」で数十年の時の経過を表す。人はやがて「よろよろ」になり、いつか「よぼよぼ」「よれよれ」になりもする。（鷲田清一「折々のことば」『朝日新聞』）。老いたら幼児の頃に帰ったように、「よいよい」「ようよう」「よかよか」「よしよし」の介護の世話になるのは、高齢化社会を生きる要諦になるのだ。

「百里を行く者は九十を半ばとす」という諺もある。百里の遠路を行くときには、九十里に達して初めて、半分来たのだと考えるのが至当である。何事も終わりの方が難しいから、最後まで心して努力せよ、という戒めの言葉で、「有終の美を飾る」よう諫言したときの故事である。

私は今年確定申告を依頼した石上義人税理士事務所に、遺言書作りを依頼した。それには「付言事項」として、葬儀やお墓についての希望などを書いてある。その前半には、次のような言葉がある。

遺言に当たっては特に邦子のことをお願いします。決して争い事などしないで、病気の邦子を仁美さんと洋史くんが仲良く相談しながら善処してくれるのを願って、あの世から見守ることにします。

二〇一八（平成三〇）年七月三〇日、練馬公証役場に私と、証人になる石上義人氏と同事務所職員の山本雅之氏とが集まった。公証役場の公証人中野寛司氏の主導で、「遺言公正証書原本」の内容が読み上げられて確認した後、遺言者の私と、証人の石上氏と山本氏の順に署名捺印した。これは公証役場で保管し、同じ内容の「同正本」は私が、「同謄本」は石上義人氏が持ち帰って保管している。

ここのところ、私は五木ひろしの新曲「VIVA・LA・VIDA！」（作詞・なかにし礼、曲・杉本眞人）を歌っている。サブタイトルや歌詞の中に「生きているって　いいね！」とある人間万歳の歌である。

私も生きるものの性《サガ》として、辛い日もあるけれど、もう少し生きたいと思う。15歳下の竹中君が今もカラオケにつきあってくれるのは、老化を遅らせるのに役立っているだろう。それに、独りよがりのところが多い人間だが、自分なりに人生を前向きに生きるのを続けたい。

そのためには、医学博士の柴田博先生がいうように、「老化を受け入れ、できるだけ『それでも自分は健康だ』と楽観的に考えること（ポジティブシンキング）」が、主観的健康観や幸福感を高めることになるだろう。

フランスの哲学者アランの名言にも、「喜びに向かう思想は、健康にも向くものである」というのがある。身体はスポーツや体操によってシゴクことで健康に向かうが、こころの方は苦しめるより、喜びで満たすことで身体の方も健康になっていく。身体にとってよくないのは、心の中であれこれと思い煩うことだから、つとめて心を喜びに向かわせるよう、本人も周囲も心掛けることが大切なのだ。

とはいえ、ここのところ鳩尾《みずおち》（みぞおち。胃の上部）の辺りがおかしく、胃薬を飲んでいるのだが効き目がないのが気になっている。

さらに、人生には意地悪なもので、天災や事故、また犯罪に巻き込まれることがある。弱者の老人は、犠牲になることが多い。妻は自転車事故で左鎖骨の骨折をしたし、私も九月二十日夜、二一日朝、次のような不快な体験をした。

いよいよ、復活させた娘夫婦との法事をかねた温泉巡り（九月二四〜二六日）が迫っていた。娘は二十日（木）の帰りに妻をやまぼうしに送ると翌日から休み、そのかわり二三日は日曜日だが、妻が戻っている家に来て世話をし、帰りに妻をやまぼうしに届けてくれた。その際、翌朝、吉祥寺で落ち合う私の荷物を持ち帰ってくれた。

二十日夜、ひとりになった私は、二階でテレビを見始めた。最近耳が遠いので、ボリュームを高くしたが、そのとき電話が鳴ったのだ。

ボリュームを下げながら受話器をとると、いきなり「ブドウ、届きましたか」という聞きなれない声が入って来た。「ブドウをたくさんもらったので、送りました」といっている。果物に目のない私は、「それはうれしいね。耳が遠いのでどちらさんですか」と聞くと、「……皆さんお元気ですか……」と前後が聞き取れない返事が続く。頭の中でどうも甥のようだが、青森の明君ならすぐ会うから、「誠司君？」とつぶやきながら、「ええ、この連休、娘夫婦と浅虫へ行ってきます」などと答える。「子供さん、お元気ですか。エート息子さんなんていいましたっけ？」と聞くので、つい「洋史です」と答える。「恵美子さん、どうしていますか？　近々本を出すので、お二人にお送りしますけど」というと、「元気です」と答えるが、後が続かない。（久しぶりなので、誠司君の母親の近況を何か附け加えてくれても、また、「どんな本ですか」と聞いてくれてもいいのに）と思う。（それに、しばらく会わないとはいえ、話し方がずいぶん早口だな）と疑問がわいてきた。「明日、在宅ですか？」「ええ、いますけど」「ブドウ、着いたら電話ください。送り状に私の携帯の番号が書いてありますから」という。（返事を催促するなんて）これもおかしいと思いながら電話を切った。

（それにしても声の印象があんなに変わるものか）と、首をかしげたが、やがて恵美子さんの亡夫の弟雅士の思い出がわき起こり、ほんのりした気分にも浸った。（おかしいけど、高価なブドウを送ってくれるっていうのだから、実害はないし、様子を見よう）と思ったのである。

翌二一日朝10時ごろ、電話がかかって来た。「ひろしです」相手は押し殺した声で話し始めた。声を変えてはいるが、昨夜の男に違いなかった。「……株で失敗しちゃって……」と続けようとしたので、すぐに電話を切った。とうとう〝俺々詐欺〟が私のところにも来たのだ。それから三十分後、昨夜の男から、電話があった。「ブドウね、配達が一日遅れるみたいです」というではないか。あきらめ悪く、当方に探りを入れるためらしい。「君はさっき、ひろしを名乗った男だな」というと、電話が切れた。私は実害がなかったけれど、いちおう交番に届けた。こうした犯罪や事故に巻き込まれないのも、高齢化社会を生きる注意事項だろう。

二　歌も、花や樹木も、わが友

二〇一八（平成三〇）年九月二四日、久しぶりの飛行機で耳がほとんど聞こえなくなったのには閉口した。妹經子さんの家族4人とは専妙寺で落ち合

浅虫の三國家墓前で　左より甥の三上明君と妻の美由紀さん、妹三上經子さん、姪の三上澄子さん、三國、楠本仁美さん（楠本智彦・撮影）

い、読経など法要をしてもらい、ご住職ともども浅虫の墓に向かう。

お参りが終わって、墓に近い宿屋「つばき」に入った。入り口に版画家・棟方志功の中型ネブタが飾られ、玄関では「のぞみ」と題した女性裸像の彫刻（淵深芳郎・作）も迎えてくれる。ラウンジや廊下を通して、志功の民芸的稚拙味と生気ある独自の木版画が展示してある。入浴後、個室で7名が会食をしながら歓談。私はカラオケの口火を切って、93点を出した。ところが、続く歌はすべて92〜97点で大いに盛り上がった。耳がおかしいのが、ノドに影響しているのか、私は92〜93点を右往左往するばかり。

太宰治の生家「斜陽館」前で

二日目は、津軽平野北東部の金木町にある太宰治《だざいおさむ》の生家・斜陽館で撮影。私は太宰のファンではないが、彼が中学のとき浅虫に住み、裸島《はだかじま》で遊んでいるうちに満潮になって困ったことを『津軽』に書いている。私も同じ体験をしたし、弘前高校、東京大学の先輩である。それに、私は彼が入水自殺した玉川上水に近い姉の家に学生時代住んでいた縁もある。お店で「好きな作家は太宰です」と胸に書いてあるTシャツをみて、ピンクの色が気に入っ

立佞武多館内で

て買った。

その足で訪れた五所川原町の立佞武《たちねぷ》多《た》館も2回目である。あまり印象になかったので、エレベーターで4階に上がり、てっぺんから見ながら回り下りた。立佞武多の壮大さ、華麗さを見直し、唸らせられたのである。

車は黒石市沖浦《おきうら》の山奥を、青荷温泉へと向かう。三人ともここは初めてで、青森らしい大森林の道は険しく、期待よりも不安がわいてくる。シャトルバスの青荷停留所に車を置き、谷底に降りていくと、眠るように佇むランプの宿があった。

右手に足湯があり、左手が玄関で、入口に「よくきたねし」（よくいらっしゃいましたね）と書いた木の看板が迎えてくれる。客室は31室、52畳の宴会場もある。客は関東からも、外国からもあるというのに、要所要所の掲示は津軽弁で通している。それに、寝具を整えるのも、ご飯やオミオツケを盛るのもセルフサービスである。

青荷温泉ランプの宿の入口

特色の第一は、浅瀬石《あせし》川の支流青荷渓流から落ちる大滝・七段の滝などの渓谷美という。第二に、60〜70度℃の単純泉を垂れ流す四つの浴場で、龍神の滝が眺められる露天岩風呂があれば、総青森ヒバ造りの湯船もある。第三に、旬の山菜や川魚（岩魚《いわな》）の料理を挙げるだろうか。いや、何よりランプが象徴する

ランプの宿の休憩室

ように、ここには、ただただ穏やかな時が流れており、大自然に満たされる幸福を味わうことであろうか。

たとえば、「ランプには絶対、手を触れないでください」といわれたので、灯りがあると寝つきが悪い私は、名物の混浴露天風呂に、また入ることにした。ところがランプではよく見えないが、一人先客がいるようだ。「いい湯ですね。私は2回目です」と挨拶した。いつまで待っても返事はない。相手は渓流の瀬音を間近に聴きながら、自然と一体になっていたにちがいない。女性専用タイムもあるというが、脱衣所から男性が着衣して出てきたから、その時間帯ではない。私も暗がりの中でゆったりと温泉

八甲田山の山頂公園

に浸ることにした。これまでいろいろな温泉に入ったが、九〇歳にしてこんな異色の体験をするとは……。

三日目は、まず、十和田探勝の休養地、強いイオウ泉の酸ケ湯温泉で休憩した。つぎに、八甲田ロープウェーで山頂公園駅まで往復して眺望を楽しんだ。私にとってはどちらも二度目である。好天気なので山頂では、娘夫婦は10指に余る池や沼が散在し、高山植物の宝庫とされる田茂萢岳《たもやちたけ》あたりの散策を楽しんだようだ。

東京は雨だったが、たのしい旅であっ

た。娘は翌二六日朝、やまぼうしに寄って妻を連れてきた。二七日（木）は朝10時にやまぼうしが妻を迎えに来るので、娘は二六日夜、妻の部屋に一緒に寝て、早朝帰っていった。何時もより長い妻の施設滞留を考慮してのことである。

大いなる自然と一体になる青荷温泉のような質実《シンプル》で素朴《ワイルド》な旅は、もう二度とできないだろう。しかし、私も石井和夫氏のように、小自然を友にして、狭い庭や鉢植え対象だが、いろいろな花や野菜を育てて、愉しむつもりである。

一〇月九日、私は埼玉病院の消化器内科の医師の指示で、注射センター、超音波室、放射線科で検査を受けた。当日これら検査の結果が告げられたが、なんと！「膵臓がんが進んでいる」というではないか。前立腺がんでは〝がんサバイバー（生還者）〟となった身だが、今度は生存率10％といわれる難病で、わが人生最大の危機《クライシス》と覚悟せねばならない。

「神よ！　まだ私をお試しあるか」

最近、カラオケのカロリー値が下がり、点数も伸びないし、また、自分なりにアレンジして歌って、減点されることが多いのも肯ける。その代わり「口に出せない怨念悲傷《おんねんひしょう》を、艶なる詩曲に転じる」（五木寛之『怨歌《えんか》の誕生』双葉文庫）ように歌って、ストレスを発散させてきたのだ。この雰囲気、「この世に歌が　あればこそ」で始まる石原裕次郎の『わが人生に悔いなし』（なかにし礼・作詞、加藤登紀子・作曲）の二番の歌詞に似ているではないか。私の人生も二番の歌詞のように、涙を歌で発散し、戦い続けてきた。しかし、好きなことを好きなようにやって来たから、自分の人生には悔いない！

ともあれ、目標を掲げることは励みになるから、ＤＡＭの精密採点ＤＸでも「いつか九十点以上を！」を目ざし続けることにしよう。

ベートーベンの「第九交響曲」のタイトルとなった名言を思い出す。それは、

「苦悩を突き抜けて、歓喜にいたれ！」ではないか。わが嵐の人生の苦悩苦痛、つまり怨念悲傷を、たとえば演歌に託したり、また庭いじりで花や木に語りかけたりして発散させ、老人なり病人なりの歓びの世界を現出させるほかない。90歳になってまだ4ヵ月、どこまで〝生命《いのち》〟を謳歌出来るかわからないが、支えてくれる人たちに感謝し、最終楽章の幕を下ろしたいものである。

参考文献

・李恢成『サハリンへの旅』（講談社）
・平成七年「樺太庁真岡中学校・真岡高等女学校同窓会総会」パンフレット
・『われらの南樺太を忘れるな』第2号（南樺太復帰同盟、社団法人全国樺太連盟）
・川嶋康男『死なないで！　一九四五年真岡郵便局「九人の乙女」』（農文協）
・三浦しをん『舟を編む』（光文社）
・高橋豊『大養生』（「文芸春秋2003年臨時増刊」）
・高橋豊『がん休眠療法』（講談社α新書）
・丈谷内康修『ビジュアル版脊柱管狭窄症』（洋泉社）
・『MCT（中鎖脂肪酸）にどきどき』2018 #02 第6号
　「医学博士インタビュー」（ソーシャルサービス）
・講談社『物語　講談社の100年』第五巻　躍進　（非売品）
・鷲田清一「折々のことば」1156、1186、1192、1211　朝日新聞

あとがき

いつからか私は、「エッセイを一冊書いてみたい」と口にするようになった。難しい本は積んだままにして、ここのところ三、四冊エッセイを続けて読んだせいもある。ところが妻の介護をしている娘が本気にとって、何かと配慮してくれる。また、介護施設「やまぼうし」の人も、「本を書いてらっしゃるんですって」と声をかけてくれる。そんな雰囲気のなか、構想がいちおうまとまると、いつしか、久しぶりにパソコンに向かうことになっていた。

最初はパソコンが変換に時間がかかるので、「こりゃ、買い替えないといけないかも」と思いながら入力していたが、普段はすぐ出てこない固有名詞など、意外にも文章の方はスラスラと出てくるではないか。弾みがついてきて、夢中になっているうちに、私自身驚くほど早く第一稿ができていたという次第である。

だから、出版社社長の唐澤氏が、「一気に読ませていただきました。波乱万丈にしてミッチリ中身の詰まった90年にびっくりしております」と、お葉書をくれたときは嬉しかった。読みやすいエッセイを目指したとはいえ、中身は自分史なので、全国の皆さんから、どれだけ関心を持ってもらい、お役に立ててもらえるか。私の世代を代弁するつもりで、また、戦中・戦後の体験を平易な表現で伝え、自分史のモデルにもなるようにと念じながら、決定稿に仕上げました。

これまで石原修治氏、楠本仁美さん、竹中勝氏にはご指摘・ご協力をいただき、お礼申し上げます。また、郷里・蘭泊村の街並み復刻図を使わせてくださった折笠信子さん、古舘瞳さんほかの方々、有難う存じます。

ミステリ好きの私に相応《ふさわ》しいのか？　最後に〝意外性《ハプニング》〟で筆を置くことになったのは残念です。特色の「波乱万丈」が皮肉にも強調される結びとなりました。

最後に、ハンディで読みやすい本に仕上げて下さったデザイナーの岩瀬正弘氏、いろいろお世話をおかけした展望社社長の唐澤明義氏に深く感謝申し上げます。

平成三〇年一〇月一日

三國　隆三

三國 隆三《みくに・りゅうぞう》

一九二八（昭和三）年、樺太蘭泊生まれ。青森市浅虫出身。旧制弘前高校、東京大学卒業。講談社編集部勤務を経て、文筆生活に入る。

著書は、『逃げろ！　世界脱獄脱走物語』『だませ！　ニセモノの世界』『消えるミステリ』など（以上青弓社）、『海道をゆく』（新生出版）、『ふるさとを歌おう！』『日本列島海景色』『道づれ賛歌』『死刑囚』『鮎川哲也の論理』『黒澤明伝』『木下恵介伝』『ある塾教育』『今日の事件簿』『子どもを殺すな！』（以上展望社）。

なお、油絵の個展を東京中央区京橋ほかで五回開催、それらの絵を素材に、私家版非売本『大自然の鼓動』など三冊を編集・発行している。

生きろ！　嵐も花も90年

二〇一八年一一月二七日　初版第一刷発行

著　者——三國隆三
発行者——唐澤明義
発行所——株式会社　展望社

郵便番号一一二—〇〇〇二
東京都文京区小石川三—一—七　エコービル二〇二
電　話——〇三—三八一四—一九九七
ＦＡＸ——〇三—三八一四—三〇六三
振　替——〇〇一八〇—三—三九六二四八
展望社ホームページ http://tembo-books.jp/

装丁・組版——岩瀬正弘
印刷・製本——上毛印刷株式会社

定価はカバーに表示してあります。
落丁本・乱丁本はお取り替えいたします。

ISBN978-4-88546-352-5

三國 隆三の本

ふるさとを歌おう！　日本列島うた景色

北から南へ、ふるさとの歌をたずねて、ゆかりの歌手、作詞・作曲家、記念館やイベント、記念碑をめぐる〝ご当地ソング〟大集成！　収録曲は童謡から演歌まで延べ3270、油彩75、写真332。

A5判　本体価格　1800円

日本列島海景色　油彩豊かな旅の絵本

わが国の海岸線は総延長3万㎞。断崖絶壁あり、白砂青松ありで、まさに地質や地形の宝庫。これを125点の油絵と183点の写真でとらえた姉妹書。総頁160、うちカラー80頁。

A5判　本体価格　2200円

黒澤明伝　天皇と呼ばれた映画監督

映画一筋に生きた世界の黒澤の生涯と全30作品を、本人やスタッフの声を交えてたどる。

四六判　本体価格　1905円

道づれ賛歌　がん闘病で学ぶ

著者の前立腺がんの闘病記を交えて、セカンドライフを生き抜く健康法をガイド。

四六判　本体価格　1800円

木下恵介伝　日本中を泣かせた映画監督

叙情と反戦の巨匠・木下監督の生涯と全作品を、豊富な写真入りで紹介する初の伝記。

四六判　本体価格　1905円

死刑囚　極限状況を生きる

死刑執行の実例を挙げ、死刑制度を考える。裁判員制度の参考になる好著。

四六判　本体価格　1900円

鮎川哲也の論理　本格推理ひとすじの鬼

〈本格ミステリー〉の道を固守した鬼才・鮎川哲也の創作の秘密を綿密に探る。

四六判　本体価格　1905円

大東亜戦争の平和部隊
ある塾教育　本体価格1905円

犯罪史上の酒鬼薔薇たち
子どもを殺すな！　本体価格1800円

ミステリー雑学366日
今日の事件簿　本体価格1600円

（価格は税別）

展望社